U0518271

乔治·威尔斯科幻小说精选

隐身人

[英]乔治·威尔斯 著

郑红娟 范 锐 汤成顺 译

四川文艺出版社

图书在版编目（CIP）数据

隐身人 /（英）乔治·威尔斯著；郑红娟，范锐，汤成顺译. -- 成都：四川文艺出版社, 2020.3（2021.4重印）

（乔治·威尔斯科幻小说精选）

ISBN 978-7-5411-5586-4

Ⅰ.①隐… Ⅱ.①乔… ②郑… ③范… ④汤… Ⅲ.①幻想小说—英国—现代 Ⅳ.①I561.45

中国版本图书馆CIP数据核字(2020)第003118号

YIN SHEN REN

隐 身 人

[英]乔治·威尔斯 著

郑红娟 范锐 汤成顺 译

出 品 人	张庆宁
策划组稿	蔡 曦
编辑统筹	罗月婷
责任编辑	邓 敏
封面设计	叶 茂
内文设计	史小燕
责任校对	王 冉
责任印制	桑 蓉

出版发行　四川文艺出版社（成都市槐树街2号）
网　　址　www.scwys.com
电　　话　028-86259287（发行部）　028-86259303（编辑部）
传　　真　028-86259306

邮购地址　成都市槐树街2号四川文艺出版社邮购部　610031
排　　版　四川胜翔数码印务设计有限公司
印　　刷　四川五洲彩印有限责任公司
成品尺寸　145mm×210mm　　　开　本　32开
印　　张　7　　　　　　　　　　字　数　130千
版　　次　2020年3月第一版　　　印　次　2021年4月第三次印刷
书　　号　ISBN 978-7-5411-5586-4
定　　价　27.00元

总序

他曾警告过我们

吴虹　范锐

赫伯特·乔治·威尔斯（Herbert George Wells，1866—1946），英国科幻作家、新闻记者和现实主义小说家，与另两位作家约翰·高尔斯华绥和阿诺德·贝内特并称为20世纪英国现实主义小说三杰。他的科幻小说对该领域影响深远，创造了如"时间旅行""外星人""反乌托邦"等20世纪科幻小说中的主流话题，因此被誉为"科幻小说之父""科幻小说界的莎士比亚""英国的儒勒·凡尔纳[①]"。

在威尔斯的时代，人们同时受到现代文明的鼓舞和战争的威胁，各种思潮层出不穷，几乎每一个人都在思考人类应有

① 儒勒·凡尔纳（1828—1905），科幻小说和冒险小说作家，法国科幻小说的奠基人，被称为"科幻小说之父"，作品以《海底两万里》最为著名。

的现在和未来。作为这个时代的代表人物之一，威尔斯除了作家的身份外，还是政治家、思想家、社会学家、未来预言家和历史学家。他"从学生时代起就一直是个社会主义者"，但他强调自己不是马克思主义者。他曾是费边社的重要成员，认为"通过有计划的社会教育方式，可以逐步改革现在的资本主义制度"，并因为关于性自由的主张和与萧伯纳等人对领导权的争夺而震惊了费边社的知识分子们，这些经历被他写入了《安·维罗尼卡》和《新马基雅弗利》。他曾在1920年和1934年两度访问苏联，受到了列宁和斯大林的接见——据说列宁的"共产主义就是苏维埃加电气化"这一著名的论断就是在接受威尔斯采访时提出的。在《黑暗中的俄罗斯》（这个书名说明了十月革命后的苏联给他留下的印象）一书中，威尔斯用充满怀疑的语气描述列宁所谈论的这个话题当时给他的感受："我听的时候几乎认为这是可能的。"威尔斯也曾访问美国，与罗斯福总统晤谈——显然他想从当时两个最为不同的国家中去探寻他所认为的理想化的人类社会模式。目前我们所知最早被译成中文的威尔斯的作品不是科幻小说，而是1921年他采访华盛顿会议后撰写的有关中国问题的长篇报道，译者是周恩来。

在五十三年的创作生涯中，威尔斯先后写下了超过百一十部作品，平均每年两部，其中包括五十部长篇小说，这使他成为现代最多产的作家之一。这些作品的内容涉及科学、文学、历史、社会、政治等各个领域，既有科幻小说，也有纯学术作品、严肃小说以及大量报刊文章，而这些作品的影响也和它们所涉及的内容一样广泛。

1866年9月21日，赫伯特·乔治·威尔斯出身于英国肯特郡的小城布朗姆利（现在位于伦敦西郊的一个小镇）的一个市民家庭。他家境贫寒，父亲约瑟夫曾当过职业棒球手，后来经营一家五金店铺；母亲尼尔早年当过用人，后来为一个乡绅当管家，这使得威尔斯童年的许多时光在这户人家位于地下室的厨房里度过。威尔斯在回顾这段生活时说，当他从地下室狭小的气窗望出去时，他所看到的是各色各样的鞋子与靴子，仿佛世界就是由那些代表各种社会身份的鞋子与靴子组成的。

十四岁时，由于父亲破产，威尔斯不得不辍学自谋生路。他先后当过布店学徒、信差、小学教师、药剂师助手以及文法学校的助教。他对这类的生活难以忍受，他的雇主们对他可能也有类似的感受，所以他的这些职业生涯都很短暂。1884年，他得到每星期一个基尼的助学金，进入英国皇家科学院的前身南肯辛顿理科师范学校学习物理学、化学、地质学、天文学和生物学。他的生物学老师是达尔文学说的支持者、著名科学家托马斯·赫胥黎，这位老师的进化论思想大大地影响了威尔斯后来的写作。1890年，威尔斯以动物学的优异成绩获得了伦敦大学帝国理工学院的理学学士学位，毕业后的一段时间他在伦敦大学函授学院教授生物学。

1891年，威尔斯开始为一些报刊撰写文章，偶尔也从事新闻写作。1893年，因病休养期间，他开始写作短篇小说、散文和评论，同时也开始了科普创作。1895年出版的《时间机器》使威尔斯作为"可以看到未来的人"而一举成名，这部中篇小说的末章还被伊顿公学等贵族学校列为必读篇目，以使本国精英能够充分吸收威尔斯至高无上的语言精华。此后，《莫罗博士的岛》《隐身人》《星球大战》《登月第一人》等陆续发表，这些"科学传奇"，即现在所称的科学幻想小说，构成了威尔斯长达半个多世纪的创作生涯中辉煌的第一阶段。在20世纪初期，威尔斯的作品主要属于社会讽刺小说一类。此后他转向政论性小说创作，撰写了《基普斯》《波利先生的故事》《勃列林先生看穿了他》《恩惠》《预测》《世界史纲》等大量关注现实、思考未来的作品，其中1908年的《托诺·邦盖》叫以说是他最有影响和代表性的杰作之一。威尔斯这一时期的不少作品被称为"阐述思想的小说"，实际上已不是严格意义上的文学作品，整体上被认为缺乏艺术特色。他后期的作品更多地关注灵魂、宗教、道德等方面，说明这位赫胥黎的得意门生也曾遭遇过某种精神上的危机。

和威尔斯的创作生涯同样辉煌的是他的情史。他的情人中包括女作家丽贝卡·韦斯特和曾做过马克西姆·高尔基[①]情人的莫拉·包伯格。在总结自己的情史时，威尔斯说"虽然我曾深深爱恋一些人，但我从来不是一个好情人"，然而他却是一个好作家，他的恋人们的影子常常出现在他的作品中。这可以作为一个有趣的例证——虽然威尔斯以科幻小说而闻名，但他的作品从来都和现实有着密切的联系。1938年，奥逊·维尔斯[②]根据《星球大战》的情节在电台做了一期广播节目，结果引起了一场民众大恐慌。这一后果大大出乎维尔斯的预料，他不得不保证以后再也不做类似的事，以免引起新的恐慌。

评论界将威尔斯与儒勒·凡尔纳相提并论，认为他们是科幻小说两大流派的鼻祖，但威尔斯自己并不同意别人称他为"第二个凡尔纳"。他说："我与法国那位未来的预言家之间并没有任何一定要扯到一块儿的东西。他的作品里所写的往往是那些完全可以实现的发现和发明，并且有些地方已经高明地预见了它们的可行性。他的小说将唤起一种实践的兴趣……而我的故事所指的绝不是实现科学假设的可行性，这完全是另一种幻想的体验。"他认为自己的"科学传奇"是想象的产物，

---

① 马克西姆·高尔基（1868—1936），苏联作家，在很长一段时期内被诸多社会主义国家认为是无产阶级文学的奠基人和最重要的代表。
② 奥逊·维尔斯（1915—1985），美国电影导演、演员、编剧和制片人，因自导自演《公民凯恩》(1941)在世界电影史上占有重要地位。因广播剧《星球大战》事件而成名。

其目的不在于预见科学发展的可能性。凡尔纳赞扬科学技术方面的重大发现与发明，用瑰丽的色彩描绘了科学发明的巨大威力与贡献；威尔斯则在肯定科学技术发明积极意义的同时，还关心科学技术发展的社会影响，从这种意义上来说，威尔斯的科幻小说也是一种"哲理小说"，他的作品总是通过幻想中的社会来影射当时的社会和政治，整体上充满了对人类社会未来命运的观照。这切中了科幻小说的核心精神："科学到底给人类带来了什么？"以及"人类要追求的是怎样的未来？"这种严肃的思想主题使得科幻小说真正成为一种可以"登堂入室"的文学形式，而非止于追求冒险猎奇的低俗读物——尽管在形式上难以区别。因此，也有评论家将1895年（《时间机器》的出版年份）认定为"科幻小说诞生元年"。

威尔斯被认为是未来预言家和社会活动家，但现在看来他主要还是有创造性的艺术家。他曾幻想通过建立一个世界性的政府而达到人类大同的境界，并为此奔波呼吁，当然徒劳无功。他曾认为社会的领导权应该转移到科学家和技术人员手里，但这个柏拉图①式的理想当然也无法实现。威尔斯后期的作品被认为对未来保持着勉强的乐观态度，但这与他世界观中根本性的悲观主义是矛盾的。作为科幻小说作家，威尔斯关注着

----

① 柏拉图（前 427—前 347），古希腊哲学家，曾提出"哲学家国王"的思想。

科学发展与人性社会的相互关系——如果没有人性的进步，科学的发展只能是人类的灾难。在他用卓越的作品表现科学进步给人类带来希望的同时，他也卓有成效地提醒人类这种进步所带来的危险。在不列颠之战[①]中，在那些被他大声谴责过的纳粹用最先进的飞机扔下的最有破坏力的炸弹的爆炸声中，威尔斯坚持不离开几乎已是一片瓦砾的伦敦。在第二次世界大战结束后的第二年，威尔斯在离八十岁只有两个月时离开了人世。而在这场世界大战开始的那一年，他曾为自己写下一句短小的墓碑文："上帝将要毁灭人类——我警告过你们。"

---

① 不列颠之战，1940—1941年间英国和德国在英国上空进行的大空战。

译者序

　　赫伯特·乔治·威尔斯，英国著名小说家，尤以科幻小说创作闻名于世。代表作有《时间机器》《莫罗博士的岛》《隐身人》《星球大战》《登月第一人》《神食》和《在彗星出现的日子里》等七部，而《隐身人》是其中评价最高、最为脍炙人口的作品。

　　《隐身人》于1897年在《皮尔森》杂志上连载，同年发行了小说的单行本。书中的主人翁格里芬是一个很有才华的物理学家，在外省的一个学院里做助教。他发现如果改变人的折射率，身体就不会反射光线，从而可以达到隐形的目的。他在自己身上做实验，并把自己变成了隐身人，但他不能在其需要的时候随时显形。他在进一步研究的过程中受到干扰，终于在狂怒中暴露了真面目。他被人出卖，急于报仇，最后悲惨地失去了年轻的生命。

　　小说情节安排巧妙，离奇神秘的情景很容易引起读者的兴趣，而日常生活场景的描写细致入微，让人觉得真有隐身人存在。威尔斯善于把科学知识通俗化，并通过小说将其突显出来，正是这样才能使他的科幻小说深受读者欢迎。

威尔斯的科幻小说常常具有讽刺性，体现出他对现实世界的批判意识，而这也是他独特写作风格的一种体现。

目 录

第一章　陌生人的来临

　　二月初的一天，下起了冬天里的最后一场雪，在刺骨的风雪中，一个戴着厚手套、提着黑色皮箱的陌生人从布兰赫斯特车站来到了这里。他从头到脚都裹得严严实实的，一顶软呢帽的帽檐几乎把脸全部遮住了，只露出一个亮亮的红鼻尖。他的肩上和胸前都积起了雪，行李上也形成了一个小雪堆。他都快冻僵了，踉踉跄跄地走进车马客栈，把行李扔到地上，大声喊道："行行好吧，给我一个有火炉的房间！"他在酒吧间里跺了跺脚，抖落身上的积雪，然后跟着霍尔太太到客厅谈价格，经过几句简单的交谈，陌生人一口答应了霍尔太太的条件，掏出两个金币扔在桌上，便在客栈里住了下来。

　　霍尔太太给客人点燃壁炉，让他独自待在房间里，亲自去给他准备吃的。冬天在艾坪有客人入住可是闻所未闻的好运，而且这个客人居然还不讨价还价，她决心好好露一手，以证明自己有这样的好运当之无愧。她准备好咸肉，看到女仆米利动作有些缓慢，便巧妙地讽刺了几句，使她快了起来。她又把桌布、盘子和杯子拿到客厅摆放整齐，觉得很有成就感。来到客人的房间，尽管壁炉的火烧得很旺，霍尔太太却吃惊地发现客人并没有脱掉帽子和外套。他背对着她站在那里，望着窗外飘落的雪花。他双手十指交叉地放在背后，仿佛陷入了沉思。霍尔太太看到他肩上的雪已经融化，滴落在她的地毯上，便说道："先生，要不要把您的帽子和外套给我拿到厨房去烤干？"

"不用。"他头也不回地说道。

霍尔太太拿不准是否听清了客人的话，想重复一下刚才的问题。他扭头看着她，一字一顿地说道："我宁愿穿着它们。"这时，霍尔太太注意到他戴着一副侧面有护目的蓝色大眼镜，浓密的络腮胡须拖在立起的外套领子上面，把整个脸都遮住了。

"好吧，先生！"她说道，"您想怎么都行。屋子一会儿就会暖和起来！"

他没有回答，把脸转到了一边，霍尔太太感觉此时要和客人谈话有些不合时宜，便将其余的餐具摆放在桌上，匆匆地走出了房间。她再回到房间时，发现他还站在那里，如同石头一般，驼着背，衣领上翻，帽檐向下奋拉着，把脸和耳朵都遮住了。她用力地把鸡蛋和咸肉放在桌上，故意弄出很大的声音，对着客人喊道："先生，您的午饭准备好了！"

"谢谢。"他马上回答道，还是一动不动，等她一离开，他迅速转身，急切地冲向饭桌。

当霍尔太太从酒吧间来到厨房的时候，听到一个有规律的声音，嚓，嚓，嚓，是勺子在盆子里快速搅动的声音。"这姑娘，哎，我完全把她给忘了！"她亲自把芥末搅拌好，又责备了米利几句，说她比蜗牛还慢。她先前已经把咸肉鸡蛋都做好了，桌子也摆放整齐了，而米利所做的就是把芥末给耽误了，真是帮倒忙。这可是一个新客人，而且还要在这里住下来！她把芥末装进罐子，满脸严肃地放到一个黑色镶金的茶盘上，端进客厅。

她敲敲门便走进了房间，刚进去就看见客人一下子动了起来，所以她只看到一个白色的物体从桌子后面消失。他好像是在地上捡什么东西。她把芥末罐子放在桌上，随后发现客人的外套已经被脱下来，放在壁炉前的椅子上。一双打湿的靴子也摆在那里，这可会让壁炉的铁护栏生锈。于是她毫不犹豫地走过去，以一种不容争辩的口吻说道："我认为我应该把这些东西拿去烤干！"

"把帽子留下。"只听客人含混不清地说道。霍尔太太转过身来，看到客人已经抬起头，坐在椅子上望着她。她顿时吓得目瞪口呆，一句话也说不出来。

他手里拿着一块白布（他自己带的一块手帕），把嘴和下颌都遮住了，难怪刚才他说话声音不清楚，但让霍尔太太惊讶的不是这个，而是他前额上裹了一根白色的绷带，连耳朵也用绷带缠了起来，整个脸上只露出一个尖尖的红鼻子。跟她先前看到的一样红得发亮。他穿着一件深褐色的天鹅绒上衣，黑色的亚麻领子竖起，把脖子都遮住了。浓密的黑发从绷带的缝隙间挤出来，显得凌乱不堪，无比怪异。霍尔太太从未看到过这样一个用绷带裹得严严实实的脑袋，一下子愣住了。

客人并没有把手帕拿开，而是继续把脸遮住。霍尔太太发现他戴着棕色的手套，透过那副神秘莫测的眼镜注视着她。"把帽子留下。"因为手帕遮住了嘴，他的声音有些含混不清。

霍尔太太慢慢地回过神来，把帽子放回壁炉边的椅子上。"我刚才不知道，先生，"她说道，"您……"她没有继续说下去，显得非常尴尬。

"谢谢。"他干巴巴地说道，将目光转向门口，随即又盯着霍尔太太。

"我会把它们烤得干干的，先生，我马上就去。"说完，她拿上衣服离开了房间。快要走出房门的时候，她又瞥了一眼，看了看那个白色绷带裹着的鸡窝般的头和那副蓝色的大眼镜，但客人始终用手帕捂着脸。

霍尔太太把门关上，感觉不寒而栗，脸上充满了惊讶和迷惑。"我从未……"她小声说道，"天哪！"她轻轻地来到厨房，脑子里还在想着刚才的事情，竟然忘了问米利又在折腾什么。

客人坐在那里，听到霍尔太太回来的脚步声。他很不放心地看了看窗户才把手帕移开，重新开始吃饭。他吃了一大口，又满腹狐疑地望着窗户，接着又吃了一口，拿着手帕，站起身来，穿过房间，把窗帘放了下来，房间马上变得昏暗。随后，他放心地回到桌边继续吃饭。

"这个可怜的家伙肯定出过什么事故，或者动过手术什么的，"霍尔太太说道，"那些绷带可真把我吓坏了。"她加了一点煤，打开晾衣架，把旅行者的外套放在上面。"还戴着眼镜，瞧那副样子，哪里像一个人，倒像个潜水的头盔。"她把客人的围巾放在晾衣架的角上，"老用手帕捂着嘴，说话的时候也不拿开，说不定他的嘴也受伤了，很有可能。"

她突然转过身来，仿佛想到了什么。"我的天哪，"她突然转了话题，"米利，你还没有把土豆做好？"

霍尔太太去收拾陌生人饭桌的时候，证实了自己认为客人的嘴在事故中受伤毁容的想法，他本来在抽烟斗，但她在房间的时候，他始终用手帕遮住脸，没有把烟斗递到嘴里。他并非忘了抽烟，因为她看到在烟丝快燃尽的时候他还看了一眼烟斗。他背对着窗帘，坐在房间的一角，吃饱喝足之后，身体也暖和起来，便开始说话了，而且话也不像刚才那样充满火药味了。炉火映照在他的大眼镜上，泛出红光，露出了一点点从未有过的生气。

他说道："我在布兰赫斯特车站还有些行李。"接着又问如何才能让人送到这里来。他很有礼貌地点了点缠满绷带的头，感谢她的解释。"明天。"他说道，"没有快件吗？""没有。"他对霍尔太太的回答似乎有些失望。他又问她真的确信没有吗，真的没有人开着双轮马车经过这里吗？

霍尔太太很乐意回答他的问题，打开了话匣子："在高地上有一条陡峭的山路，"她抓住这个机会，先说马车的问题，"大概在一年前，有一辆四轮马车由下往上开，一个先生摔死了，就死在车夫的身边。事故一转眼就发生了，不是吗，先生？"

要这位客人说话可真不容易。"的确如此。"他依然用手帕把嘴遮住，透过那副深邃莫测的眼镜，静静地打量着霍尔太太。

"但他们得要好长一段时间才能恢复，不是吗？……我的侄子汤姆也在这场车祸中受伤了，车翻到田里，汤姆的手臂被镰刀割伤了，三个月伤口才愈合。先生，这简直令人难以置信，我现在一想到镰刀都害怕。"

"我不太明白。"客人说道。

"有一阵他担心要做手术，当时，情况真的很糟糕，先生。"

客人粗鲁地笑了起来，那笑声跟狗叫似的，仿佛要咬人。"真的吗？"他问道。

"是的，先生。对于他们来说，那可不是开玩笑的事，我姐姐把几个孩子拉扯大不容易。又是缠绷带，又是解绷带的。所以，先生，我能不能冒昧地问一句……"

"可以给我找点火柴吗？"客人很粗暴地打断了霍尔太太的话，"我的烟斗熄了。"

霍尔太太的话被客人的抢白打断了。她告诉他这么多事，他居然还这样粗鲁地对她，简直太无礼了。她气呼呼地盯了他一会儿，但想想那两个金币，她就去拿火柴了。

"谢谢。"霍尔太太把火柴放下的时候，客人只说了两个字便转过头望着窗外。真是太让人扫兴了！很显然，他对手术和绷带非常敏感。她没有再冒昧地问什么，但他那种傲慢无礼的态度让霍尔太太觉得很窝火。那天下午，倒霉的米利成了霍尔太太的出气筒。

客人在客厅里一直待到下午四点，没有让任何人打扰。多数时候他静静地坐在那里，在逐渐昏暗的光线中对着壁炉抽烟，也可能在打瞌睡。

有时似乎听到他在拨弄壁炉里的煤炭。每隔五分钟，就可以听到他在房间里踱来踱去，一个人在说着什么，当他再坐下的时候，椅子发出嘎吱的声响。

第二章　泰德·亨弗利的第一印象

四点钟的时候，天色已晚，霍尔太太鼓足勇气准备去客厅，问客人是否需要下午茶。此时，钟匠泰德·亨弗利走进了酒吧间。"我的上帝，霍尔太太，"他说道，"这个天气穿薄底鞋子真是糟糕透了。"屋外的雪下得正急。

霍尔太太说就是，她突然注意到他带着工具包。"正好，泰德先生，"她说道，"要是你能帮我看看客厅里的钟，我会非常高兴的。那个钟一直在走，敲的声音也很响，但时针总是指着六点。"

她在前面带路，来到客厅门口，敲敲门便走了进去。

推门进去的时候，她发现她的客人正坐在壁炉前的椅子上，裹着绷带的脑袋歪向一边，仿佛在打瞌睡。屋子里唯一的光线只有壁炉里发出的红光，如铁路上的红灯一般，照在他的眼睛上，而他的脸部朝下，显得一片黑暗。房间里的一切都泛着红光，隐隐约约，看不清楚。霍尔太太点亮油灯，眼睛感到一阵炫目，更加看不清楚。但过了几秒钟，她看到那个人张开一张大嘴。嘴大得惊人，仿佛把他脸的下半部分全都给吞下去了。这就是那一瞬间的感觉：白色绷带裹着的脑袋，幽灵般的眼睛，张开的巨口。接着客人动了一下，从椅子上蓦然抬头，手也举了起来。霍尔太太把门开得大一点，这样房间更亮一些，她也能看得更清楚一点。他还是跟先前一样，手里拿着手帕，把脸给遮住了。霍尔太太心里想，也许刚才是因为太黑自己看错了。

"先生，这个人来修理一下钟您不会介意吧？"霍尔太太从短暂的惊吓中回过神来之后问道。

"修钟？"他说话的时候还是用手捂着脸，环顾四周，露出一副睡意蒙眬的样子，但随即就变得清醒了："当然可以。"

霍尔太太去拿灯的时候，他站起身来活动了一下身子。不多时，霍尔太太拿着灯，带着泰德先生进来了。泰德刚进门，就看见了这个裹着绷带的人。他说，他当时吓了一跳。

"下午好。"陌生人给他打了个招呼。泰德先生后来很形象地描绘了那副深色眼镜——"像只大龙虾"。

"我希望，"泰德先生说道，"我没有打扰您。"

"一点也没有打扰到我，"陌生人说道，"尽管我知道，"他把头转向霍尔太太，"这个房间只归我一个人使用。"

"我也是这样想的，"霍尔太太说道，"您也希望这个人把钟修好。"

"当然，"陌生人说道，"当然，但通常我想一个人，不想被打扰。"

陌生人看到泰德先生有些迟疑，便说："不过要是能把钟修好，我会很高兴的。"

"我也很高兴。"泰德先生本来打算道歉告辞，但听陌生人这样说就放下心来。

陌生人转过身，背对着壁炉，双手放在背后，说道："钟修好之后，我想马上喝一杯茶，但必须等到钟修好之后。"

霍尔太太这次没有主动搭话，她可不想在泰德先生面前被这个陌生人冷落，碰一鼻子灰。她正要离开，客人问她是否安排人把他的行李从布兰赫斯特车站送过来。她说她已经给邮递员讲了这件事情，马车明天就会把行李运到。

"你确信那是最快的吗？"他问道。

她冷冷地说，她很肯定。

"我得给你解释一下，"他又补充了一句，"刚才我又冷又累，没有来得及跟你说，我是一个实验研究者。"

"是吗,先生?"霍尔太太有些动容。

"我的行李装的都是仪器设备。"

"肯定都是有用的东西。"霍尔太太答道。

"我很想马上开始我的研究。"

"当然,先生。"

"我来艾坪,"他郑重其事地继续说道,"就是为了图个安静。我不想在工作的时候被人打扰。除了我的工作,一次事故……"

"我也这样认为。"霍尔太太心里说。

"……使我不得不过一种隐退的生活,我的视力不好,眼睛经常疼痛,所以我必须把自己关在黑屋子里,待上几个小时。有时就是这样,当然,不是现在。很多时候,很小的干扰,比如陌生人进来,都会让我感到不安,希望你能明白这点。"

"当然明白,先生,"霍尔太太说道,"我能否冒昧地问一下……"

"就这样吧。"陌生人说道,他语气平稳,但有一种不容分说的气势。说话尽在他的控制中,他想停就停。霍尔太太只好把她的问题和同情留到一个更合适的场合。

泰德先生说,霍尔太太离开之后,他就一直站在壁炉前,盯着他修理闹钟。泰德先生不仅把钟面和指针拆下来,连里面的其他部件都给拆了。他想不动声色地拖延时间。灯离他很近，明亮的灯光透过绿色灯罩把他的双手、钟座和齿轮都照得很亮堂，而房间其他地方则显得很昏暗。他抬起头，感觉大块的颜色在眼前晃动。他把钟全给拆了，其实这并不必要，这样做不过是由于他天生好奇，为了拖延时间，借此机会和这个陌生人说几句话。但是陌生人站在那里，一语不发。一切太安静了，这让泰德先生心里感觉发毛。他感觉自己像是一个人在屋子里，但一抬头，隐约中，看见一个裹着绷带的脑袋，一副硕大的蓝色眼镜正盯着自己，镜片上飘浮着一团绿色的薄雾。他们俩就这样对看了足足有一分钟，这对于泰德来说，简直不可思议。他低下头，觉得这样很不舒服。总得说点什么吧。说天气很冷？

他抬起头来，准备搭话。"天气……"他说道。

"你怎么不赶快弄完离开？"陌生人硬邦邦地说道，很明显，他在压制着他的愤怒，"你需要做的就是把时针固定在轴上，简直是在瞎整！"

"是的，先生。一分钟就好了，我刚才没有留意到。"泰德先生赶快做完离开了房间。走在融雪的乡间路上，泰德觉得很生气，心想："该死的，我修了那么多钟，当然知道该怎么做，人家看看你都不行？丑鬼！"

他又想："好像不对。要是警察来抓你，你也不会比现在裹得更严实。"

在格里森路口拐角处，他碰到了霍尔先生，他刚和车马客栈的霍尔太太结婚不久。他在艾坪跑运输，偶尔有人需要的时候也去塞德桥。今天他正从那里回来。从他开车的样子就知道他肯定去了塞德桥。"你好，泰德。"他经过的时候打了个招呼。

"你赶快回家吧！"泰德说道。

霍尔停了下来，问道："出了什么事？"

"有个古怪的家伙住进了你们家的车马客栈。"泰德说道。

"天哪！"

接着他便开始绘声绘色地描绘那个古怪的客人。"有点像是伪装的，不是吗？如果有人住在我那里，我一定要看清他长得什么模样。"泰德说道，"但女人太容易相信别人了。他住在你家里，但连名字都没有告诉你，霍尔，你说这叫怎么回事呢？"

"真有此事呀？"霍尔的理解力有点迟钝。

"千真万确，"泰德说道，"房租按周计算，不管他是谁，你这个星期都不能把他赶走。他说他明天还有很多行李要运过来，希望里面不是石头。"他又说起他在黑斯汀的一个姨妈如何被一个拿空箱子的陌生人给骗了。这一切都让霍尔心里充满了怀疑。"出发，老伙计，"霍尔说道，"我得去看看到底是怎么回事。"

泰德继续前进，心里轻松了很多。

霍尔回到家中，没有弄清怎么回事，反倒被妻子狠狠地责骂了一顿，说他在塞德桥耽搁太久了。他态度温和地问了几个问题，霍尔太太很不耐烦地回答了他，让他不得要领。尽管有些气馁，泰德的话让霍尔心里始终充满了怀疑，因此他决心尽快弄清客人的身份。晚上九点半左右，客人已经入睡。这时，霍尔先生气势汹汹地走进客厅，仔细端详他妻子的家具，以此表明那个陌生人不是这里的主人。客人计算用的一张纸他也拿起来审视一番，脸上露出轻蔑的神色。晚上睡觉的时候，他嘱咐霍尔太太明天陌生人的行李送来的时候可得好好看清楚。

"霍尔，把你自己的事管好就可以了，"霍尔太太说道，"我的事我自己做主。"

她还想数落霍尔几句，因为这个客人实在是太古怪了，她自己也拿不准他到底是什么人。半夜，她从梦中惊醒，她梦见许多像萝卜一样的大脑袋跟在她后面，脖子长长的，还长着巨大的黑眼睛。不过，霍尔太太是个理性的人，她克制住恐惧，翻个身，又睡着了。

第三章　一千零一个瓶子

2月9日这天，冰雪消融的时候，这个怪人不知从哪里来到了艾坪村。第二天，他的行李经过泥泞的道路送达了。那的确是不同寻常的行李，行李中有两个箱子，这不足为奇，因为普通人也可能带上一两个箱子，但除此以外，还有一箱子书，又大又厚，有些还是难以辨认的手抄本。另外，还有十多个各式各样的箱子，里面装满了用草绳包扎的物件，霍尔好奇地拿了一下，觉得好像是玻璃瓶子。

陌生人戴着帽子、手套，穿着外套，披着斗篷，全身裹得严严实实的，很不耐烦地出来迎接法伦赛德的马车。霍尔和周围人说着闲话，准备帮着把东西搬进屋里。法伦赛德的狗站在旁边，懒洋洋地嗅着霍尔的脚。陌生人出来了，他没有留意到狗，大声喊道："快把那些东西给我搬进去，我都等了好久了。"

他走下台阶，来到马车的后面，准备去拿那些小一点的箱子。

然而，法伦赛德家的狗一看到他，身上的毛就竖了起来，一阵狂吠。当陌生人冲下台阶的时候，狗猛然跳起，朝他的手扑过去。"快用鞭子抽它！"霍尔一边叫，一边向后跳开，因为他很怕狗。法伦赛德大声吼道："趴下！"随手抓起了鞭子。

众人看到狗的牙齿从陌生人的手上滑落，陌生人踢了它一脚。狗马上又从侧面攻击，咬在了陌生人的腿上，顿时响起裤腿被撕破的声音。就在此时，法伦赛德的鞭子已经落在狗的身上，狗沮丧地叫了两声，跑到马车的轮子下面躲了起来。整个过程只有半分钟，没有人来得及说话，只听见大家都在喊叫。陌生人匆匆地看了看被撕坏的手套和裤腿，好像要蹲下去整理一下，但他马上转身，冲上台阶，跑进了客栈。人们听到他径直穿过通道，跑上没有铺地毯的楼梯，进入了自己的房间。

"你这个畜生！"法伦赛德边骂边从马车上下来，手里还拿着鞭子，而他的狗则躲在车轮后看着主人。"过来，"法伦赛德说道，"你最好给我……"

霍尔站在那里，惊得目瞪口呆。"他被咬了，"他说道，"我最好进去看看。"

他跟着陌生人跑了进去，在过道上碰见妻子，便说："送信人的狗把他给咬了。"

他径直上楼，发现陌生人的房间门没有关严。霍尔心里很同情客人的遭遇，也不讲什么礼仪，径直推门而入。

房间的窗帘放下来了，里面一片昏暗。霍尔先生看到了最古怪的一幕，一只没有手的胳膊向他挥来，一张白色的脸上，只有三个模糊的斑点，有点像淡淡的三色紫罗兰。接着，他感觉胸部被猛击一拳，直往后退，门砰的一声关过去，锁上了。事情发生得太突然了，霍尔根本没时间看清是怎么回事。只记得不知什么形状的东西在挥舞，自己挨了一拳，便被推了出来。他站在漆黑的楼梯口，心里很是纳闷，不知看到的到底是什么东西。

几分钟之后，他又回到了车马客栈聚集的人群之中，听到法伦赛德又在解释刚才的情形，霍尔太太说他的狗不该咬她的客人。马路对面的杂货铺老板哈克斯特也赶过来问这问那，铁匠铺的卫吉斯也跑过来作一番评判。除此之外，还有妇女儿童，都在说些蠢话。"我就不会让狗咬着我。""不应该养这样的狗。""狗为什么要咬人呢？"……

霍尔先生站在台阶上，听着他们说话，觉得刚才发生在楼上的事情令人难以置信。他又不善言谈，无法表达自己的感受。

"他说他不需要帮助，"他回答妻子问话的时候说道，"我们最好帮他把行李搬进去。"

“他应该把伤口用火烧一下，”哈克斯特说道，“以免感染。”

“如果是我，我就把狗杀了。”人群中有个妇女说道。

此时，狗又突然开始叫起来。

“快点！”门口传来一个愤怒的声音，陌生人又出来了。他全身包裹得严严实实的，裹着围巾，衣领上翻，帽檐下垂：“你们越早把东西搬进去，我越高兴。”据一个不知名的路人说，陌生人出来的时候把身上的裤子和手套都换了。

“先生，你受伤了吗？”法伦赛德问道，“我很抱歉，这条狗……”

“一点也没有受伤，”陌生人说道，“皮都没有擦破一点。赶快搬东西吧。”

他又开始咒骂，霍尔先生说他很肯定他是在骂人。

按照陌生人的指示，第一个箩筐马上被搬进了客厅，陌生人急不可待地走上前去，开始打开包裹。他把稻草扔了一地，根本不管霍尔太太的地毯。他开始把瓶子从筐子里取出来，有装着粉末的圆肚瓶子，装着各种颜色液体的细长瓶子，还有笛子形状的蓝色瓶子，上面贴有“有毒”的标签。有圆肚细颈的瓶子，有大的绿玻璃瓶、白玻璃瓶，有带玻璃塞的瓶子，有带软木塞的瓶子，有带木盖的瓶子、酒瓶、色拉油瓶子。他把这些瓶子放在柜子里、壁炉架上、窗前的桌上、地板上、书架上，无所不在。就连布兰赫斯特药店老板也没有他一半多的瓶子，真是蔚为壮观。一筐筐的瓶子被拿了出来，桌上也堆了高高的稻草。和筐子一起送来的除了瓶子以外，还有很多试管和一个精心包裹的天平。

筐子刚打开完，陌生人便在窗前开始了他的工作，根本不管那堆凌乱的稻草，也不管壁炉的火是否熄灭，也不管外面装书的箱子，也不管送到楼上的箱子和行李。

霍尔太太给陌生人送饭去的时候，他完全沉浸在工作中，他把液体滴在试管里，因而没有听到霍尔太太进来。她先将桌上的一大堆稻草清理干净，把托盘放在桌上，故意弄出很大的声音。这时，陌生人才注意到霍尔太太，他只是稍稍扭头看了看，立刻又转开了。但霍尔太太看到他的眼镜已经取下来，放在旁边的桌上，露出两个异常空洞的眼眶。他又戴上眼镜，转过身来面对着她。她正要抱怨满地的稻草，他却抢先对她一阵指责。

"我希望你不要没有敲门就进来。"他用一种异常愤怒的语气说道，这似乎已经成为他说话的一贯特点。

"我敲了门的，但好像……"

"也许你敲了。但是在我做研究的时候，这个研究非常紧迫，因此不能有一点点的干扰，比如轻轻的开门声。我必须要求你……"

"当然，先生。如果你觉得有必要的话你可以把门锁上，任何时候都可以。"

"这是一个好主意。"陌生人说道。

"先生，恕我冒昧，这堆乱草……"

"不用再提了，如果你觉得给你制造了麻烦，就在账上记一笔好了。"他对着霍尔太太一阵咕哝，听起来很像是在咒骂。

他站在那里，一手拿着瓶子，一手拿着试管，那么暴躁，一副咄咄逼人的样子，怪异极了。霍尔太太心里不由得感到紧张。但她是一个有决断的女人："不管怎么样，我想知道，先生，你认为……"

"一先令，在账上记一先令。够了吗？"

"够了，"霍尔太太一边说，一边拿起桌布，准备铺在桌上，"只要你满意，当然可以。"

他转身坐下，不再搭理霍尔太太。

整个下午他都把自己锁在房间里做实验，如霍尔太太后来所证实的那样，多数时候房间里都很安静，但有一次，好像是碰到了桌子，瓶瓶罐罐碰在一起发出叮叮当当的声音。好像又有瓶子掉下，猛烈地砸在地上，接着，房间里又响起急促的脚步声。由于担心要出什么事，霍尔太太来到门口探听，但没有敲门。

"我无法继续了！"他咆哮着，"再也无法继续了！

三十万！四十万！那么大的数字！骗子！我一辈子都做不完！……耐心，耐心一点！……傻瓜！笨蛋！"

酒吧间里传来鞋钉踩在砖上的声音，霍尔太太只好极不情愿地放弃偷听后面的独白。等她回来时房间又变得安静了，只有椅子的嘎吱声和瓶子偶尔碰撞发出的叮当声。之后，一切都归于平静，陌生人又开始了工作。

当她给客人端茶进去的时候，看见房间角落的镜子下面有碎玻璃，还有一个金色的污迹，上面有匆匆擦过的痕迹。她向客人提到了这点。

"把它记在账上，"客人厉声说道，"看在上帝的分上，别烦我。如果有什么损失，都记在账上好啦。"说完，他又继续在一个练习本的单子上做记号。

快到傍晚的时候，法伦赛德和泰德在艾坪的一个小酒馆里闲聊。

"我有些事情要告诉你。"法伦赛德神秘兮兮地说。

"什么事？"泰德·亨弗利问道。

"你说的那个家伙，也就是被我的狗咬的那个人，是个黑人，至少他的腿是黑的。我看到他手套和裤子上的洞。本应该看到肉的颜色，不是吗？你猜怎么着，里面黑乎乎的，什么都没有。告诉你，那里面跟我帽子一样黑。"

"我的老天，"泰德说道，"的确非常奇怪。他的鼻子是粉红色的，跟颜料差不多。"

　　"是的，"法伦赛德说道，"我知道。我是这样想的，他肯定是一个花斑人，身上白一块黑一块的，羞于见人。他是一个杂种，但颜色没有融合在一起，而是一块一块的。这种情况我听过，在马身上常见得很，这谁都知道。"

第四章　卡斯先生拜会陌生人

对于陌生人到艾坪的各种情况我已经作了比较详细的介绍，以便让读者对他所造成的古怪印象有所了解。要不是在交谊节那天出了不同寻常的事，陌生人在艾坪的情况也没有太多人在意。在一些日常琐事方面，他和霍尔太太时有冲突，但每次冲突发生的时候，他总是提出给钱补偿就轻易占了上风。这种状况一直持续到四月底，这时陌生人的经济开始显得窘迫。霍尔先生不喜欢他，一有机会，他就会跟妻子说把这个人赶走的事，但他并没有把他的不满在客人面前表现出来。

"等到夏天再说吧，"霍尔太太显得更为明智，"到时候有艺术家来这里，我们再做决定。这个人是有点蛮不讲理，但他能够按时付账，这一点你必须承认。"

陌生人不去教堂，对他而言，礼拜天和其他非宗教日子没有什么区别，服装也没有什么变化。霍尔太太觉得他工作很没有规律，有些天很早就起床开始工作，一直忙个不停。其他时候，很晚才起床，连续几个小时在房间里来回踱步，不停地烦恼、抽烟，累了就在壁炉旁边的椅子上睡觉。他和村子以外的世界几乎没有任何交流，脾气也捉摸不定。他的行为，有点像受了难以忍受的刺激，发作的时候就乱撕乱砸东西。他长期处于极度的愤怒之中，自言自语的毛病也日甚一日，很多时候，霍尔太太很仔细地听他自言自语，但什么也听不懂。

他很少在白天出门，但在晚上，不管天冷天热，他都要把全身裹紧出去走走，他总是选择那些偏僻的小路。他戴着游泳镜似的大眼镜，帽檐下用绷带遮住的脸如同鬼魅一般，有时他在黑暗之中突然出现在一两个下班晚归的工人面前，把工人吓得半死。泰德·亨弗利有天晚上九点半从"红外套"酒吧里摇摇晃晃地出来，门一打开，里面的灯光就照在陌生人骷髅般的头上（他把帽子拿在手上），把泰德吓了一跳。小孩子见到他晚上就会梦见妖怪，不知道是他更不喜欢小孩子还是小孩子更不喜欢他，反正互相都不喜欢。

村里来了个外表奇特、举止怪异的人，也难怪他会成为艾坪村里人们茶余饭后的话题。对于他的职业，人们意见各异。在这点上，霍尔太太显得有些敏感。别人问到的时候，她总是很小心地解释说，他是一个实验研究者，她说得一字一顿，害怕掉进陷阱。当别人问起实验研究者是干什么的时候，她就带着一种高人一筹的口吻说，大多数受过教育的人都知道这些事情，然后又解释说，他是"发明东西的"。她说她的客人经历了一场事故，脸上和手暂时失去了颜色，因为天生敏感，他不想让别人知道这一点。

但人们却有另外一种说法，很多人都认为他是一个罪犯，为了逃避审判，把自己裹得严严实实的，就是怕让警察看见。最初产生这种想法的人是泰德·亨弗利。但是从二月下旬到现在，没有发生什么大的案件。这种想法在国立学校实习助教的想象中得到了证实，他认为这个人是个伪装的无政府主义者，准备了炸药，想搞阴谋活动。

还有一派赞同法伦塞德的看法，认为他是一个花斑人，或者是相类似的人。

比如，有人听到塞拉斯·杜刚说："如果他愿意去市场展示自己的话，要不了多久他就会发财的。"他也算是个神学家，他把陌生人比作不会利用自己钱财的人。另一派的观点则认为这个陌生人不过是个不伤害人的疯子而已，这种说法倒是很好，可以用来解释一切。

在这些派别之间，还有一些思想摇摆不定的人。苏塞克斯人很少相信迷信，但在四月初发生了几件事后，村子里的人开始悄悄地谈论起一些超自然的事情。不过，谈论者仅限于妇女。

但不管他们看法如何，总的来说，艾坪的人都不太喜欢这个陌生人。他暴躁的脾气也许城里的脑力劳动者可以理解，但苏塞克斯的村民大多喜好安静，在他们看来，这简直让人吃惊。他疯狂的举动经常让周围四邻受到惊吓，傍晚的时候在僻静角落他鲁莽地从他们身边冲过，别人对他稍有好奇之心他便气势汹汹地威胁。他喜欢晚上活动，只要他一出来，其他所有的人都只得关门闭户，吹灯熄火。有谁愿意这样继续下去呢。他从村子走过的时候，人们就让到一边，走过之后，一些喜欢开玩笑的年轻人就跟在后面，竖起衣领，拉下帽檐，学他那种神秘的姿态。当时有一首叫作《怪人》的歌很流行。在为教堂募捐而举行的教室音乐会上，斯塔切尔小姐第一次唱了这首歌。打那以后，每次陌生人经过，只要有两个以上的村民在一起，便会响起这首歌的调子。小孩子来迟了，便在他背后大叫一声"怪人"，然后兴高采烈地散开。

医生卡斯心里感到非常好奇，那些绷带激起了他的职业兴趣，而那一千零一个瓶子更是让他嫉妒不已。从四月到五月，他总是在寻求机会和陌生人交谈，但都没有成功，这几乎让他无法忍受。终于，在降临节快到的时候，他想到以给村里招一个护士而募捐为借口去找这个陌生人。然而，让他吃惊的是，霍尔先生竟然不知道客人叫什么名字。"他说了名字的，"霍尔太太说道，这个说法有点站不住脚，"但是我没有听清楚。"她自己也认为，连客人的名字都不知道，是有点愚蠢。

卡斯敲敲客厅的门，走了进去，里面传来很清楚的咒骂声。"打扰你了，请原谅。"卡斯说道，随后，门就关上了，霍尔太太也没能听到后面的对话。

她听到里面低声地说着什么，大约过了十分钟，突然传来一声惊叫，接着响起了一阵慌乱的脚步声，椅子被扔到一边的声音，狗叫般的狂笑声，有人冲向了门口，卡斯先生出来了，他脸色苍白，扭头往后看。他没有关门，也没顾得上看霍尔太太，大步穿过大厅，跑下台阶，冲向大路，逃命似的远去了。霍尔太太站在门后，望着客厅打开的大门。接着听到客人的笑声平息下来，又听到他穿过房间的脚步声。她没能看清客人的脸。门猛地关上了，一切又变得安静。

卡斯径直去找村里的牧师邦廷。"我疯了吗？"卡斯一走进牧师简陋的书房便没头没脑地问道："我看起来像不像疯子？"

"发生什么事了？"牧师问道，一边把一块菊石放在即将布道用的活页纸上。

"客栈的那个家伙……"

"哦？"

"请给我一点喝的。"卡斯说道，这时他才坐了下来。

牧师给了他一杯廉价的雪利酒，这也是这个好心的牧师所能提供的唯一饮料。喝完酒之后，卡斯的情绪稳定下来，开始讲述他和陌生人的见面。"我进了门，"他喘着粗气说道，"就请他为护士基金募捐。我进去的时候他手放在口袋里，笨重地跌坐在椅子上。他吸了一下鼻子，我告诉他我听说他对科学研究很感兴趣，他说是的。他又吸了一下鼻子。他总是不停地吸鼻子，很显然，他得了很严重的感冒。难怪裹得那么紧！我跟他讲了护士基金是怎么回事，整个过程我眼睛都没有眨一下。瓶子、化学品，满屋都是，天平、试管，还有樱草的味道。我问他愿意捐钱吗？他说他会考虑一下。我又直接问他是在做研究吗？他说是的。是一个长期的研究吗？他一下子就生气了。'是一个该死的长期研究。'他说道。'哦。'我说道。他就开始抱怨起来。他正在气头上，我的问题就是火上浇油。他得到一个非常有用的处方，是什么他又不肯告诉我。我问是医药处方吗？'该死，你想问什么？'我向他道歉。他又开始吸鼻子，还咳嗽起来。他又接着说，他看了那个处方，需要五种成分。他把处方放在桌上，转过头，就在这时，一阵风吹过来，把处方吹到正在燃烧的壁炉里，处方一下子点着了，顺着烟囱往上钻。他冲过去想要把它抓住。嘿，就是说到这里的时候，他伸出手比画了一下。"

"那又怎么样了呢？"

"没有手，只有空空的袖子。上帝！我当时想，他是一个残疾人！安了个假手臂，可能刚刚取下来。但我随即又想，这里面有些古怪，如果袖子里面什么都没有，那又是什么东西把袖子举起、撑开的呢？告诉你，里面什么也没有，从袖口到关节，完全是空的，我可以看到肘部，袖子上撕破的地方还有光线穿过来。'我的上帝！'我叫了一声。于是，他停了下来，用那副黑色的眼镜盯着我，又看了看他的袖子。"

"然后呢？"

"就这样。他什么都没有说，只是狠狠地瞪着我，迅速地把手放进口袋里，说道：'我刚才说到处方烧了，是吧？'接着又是一阵猛烈的咳嗽。我问道：'你究竟是怎么把空袖子动起来的？''空袖子？''是的，'我说道，'是空袖子。'

"'真是空袖子吗？你说你刚才看到我的袖子是空的？'他立刻站起身来，我也站了起来。他慢慢地向我走了三步，在离我很近的地方站住，猛地吸鼻子。要是有谁看到他那绷带裹紧的头颅和那副眼镜静静地靠近你而不害怕的话，你绞死我好了，但是我没有退缩。

"'你说你看到一个空的袖子？'他问道。'的确如此。'我答道。如果两个人什么都不说，互相对看，那脸上没有东西遮盖，不戴眼镜的那个人肯定要处于下风。只见他慢慢地把袖子从口袋里抽出，向我举起手臂，仿佛要再给我看一下。他举得很慢，我一直盯着他，时间好像过了一年。

'哦，'我清了一下嗓子，说道，'里面真的什么也没有。'

"总得说点什么吧。我开始感到害怕。他把手伸直对着我，很慢很慢，袖口离我的脸只有六英寸的时候，他停了下来。看着一只空袖子向你伸过来，真是无比怪异，接着……"

"接着怎么了？"

"有什么东西，感觉像食指和大拇指捏住了我的鼻子。"

邦廷牧师笑了起来。

"但是我什么都没看到！"卡斯说话的感觉像在尖叫，"你倒是可以笑得出来，但我告诉你，我害怕极了，我使劲打他的袖子转身逃了出来。"

卡斯停了一会儿，从他惊慌的样子来看，他不是装出来的。他无助地转过身，又喝了一杯好心牧师的劣质雪利酒。"我打他的袖子的时候，"卡斯接着说道，"感觉是打在手臂上，但那里明明没有手臂，连个鬼影都没有。"

邦廷牧师想了想，满腹狐疑地看着卡斯。"这是一件怪事。"他说道。牧师显得很睿智严肃，又带着评判的语气说："这的确是一件怪事。"

第五章　牧师家失窃

　　牧师家被盗的事是牧师和他妻子说出来的。事情发生在降临周的星期一凌晨，正值黎明之前，四周一片寂静，邦廷太太突然醒来，因为她感觉到卧室的门被打开然后又关上了。起初，她没有叫醒丈夫，而是坐起身来仔细倾听。她很清晰地听到有人光脚吧嗒吧嗒地从隔壁更衣室走了出去，穿过通道，走向楼梯。她确信有人在走之后，就轻轻地叫醒邦廷先生。他没有点灯，而是戴上眼镜，披上妻子的睡袍，穿上拖鞋，来到楼梯口听下面的动静。他清楚地听到有人在楼下的书房里乱翻，接着又听到一个很响的喷嚏。

　　听到这里，他回到房间，顺手操起一根拨火棍，悄悄地下楼，邦廷太太也跟着来到楼梯口。

　　当时大约四点，夜里最黑暗的时候已经过去。门厅里有一点微弱的光，但书房门开着，里面一片漆黑。周围一片寂静，只有邦廷先生踩在楼梯上发出的很小的嘎吱声，以及书房里轻微的翻动的声音。好像是抽屉被猛地拉开，随后又响起沙沙的翻书的声音。接着又传来一声咒骂声，有人点燃了火柴，房间里四溢着黄色的光线。邦廷先生已经来到门厅，他透过门缝看到里面的书桌，打开的抽屉，以及书桌上点燃的蜡烛，却没有看到强盗。他站在那里，不知如何是好。邦廷太太也爬下楼梯，来到丈夫身边，她脸色苍白，显得异常紧张。邦廷先生认为贼是本村的人，这样一想，他便不那么害怕了。

他们听到钱币相撞发出的叮当声，知道贼已经找到家里藏的金币，总共两英镑十先令。听到钱的声音，邦廷先生鼓足勇气，决定迅速采取行动，他紧握拨火棍，冲进书房，邦廷太太也紧随其后。"举起手来！"邦廷先生厉声喊道，但他马上呆住了。房间里空无一人！

然而他们坚信听到有人在房间里走动。他们站在那里，足足有半分钟，惊讶得合不拢嘴。然后，邦廷太太穿过房间，往屏风后面看了看，邦廷先生则看了一下书桌底下。邦廷太太又转回来看看窗帘，她丈夫看了看烟囱，还用拨火棍捅了一下。邦廷太太检查了废纸篓，邦廷先生打开煤斗检查了一下。然后两人都停住了，面面相觑。

"我可以发誓……"邦廷先生说道。

"蜡烛！"邦廷太太说，"谁点的蜡烛？"

"还有抽屉！"邦廷先生说道，"钱也不见了！"

她赶紧来到门口。

"这一切太奇怪了……"

突然，过道上又传来一声很响的喷嚏。他们寻声冲了出去，就在此时，厨房的门砰地关上了。"把蜡烛拿来。"邦廷先生说道，带头向前冲去，他们听到了门闩拉开的声音。

邦廷先生打开厨房的门，从碗柜那里看到后门大开着，黎明时微弱的光映衬着花园里的团团黑影。他确信没有人从大门出去。门是打开的，开了一会儿，又砰地关上了。此时，邦廷太太从书房里端出的蜡烛摇曳不定。这都是在他们进入厨房前一两分钟的事。

里面没有人影，他们重新把门关上，又检查了厨房、储藏室、碗柜，最后还检查了地窖。他们把整个屋子都搜遍了，连个鬼影都没有。

天亮了，牧师夫妇穿着奇怪的衣服，站在自家的地上惊愕不已，手里举着的蜡烛还流着泪，徒然地发出微弱的光。

第六章　疯狂的家具

在降临周星期一的早上，米利还没有被叫起来干活之前，霍尔夫妇就起床，悄声无息地来到地窖，他们要调啤酒的比重，这可是一件秘密的事情。刚到地窖，霍尔太太就发现忘了从房间里带一瓶菝葜。因为霍尔太太是兑酒的行家，这件事主要就由她负责，所以霍尔先生就上楼去拿菝葜。

刚到楼梯口，霍尔先生吃惊地发现陌生人的房门竟然是敞开的。他来到自己的房间，找到了妻子所说的那个瓶子。

然而，当他拿着瓶子回来的时候，他发现前门的插销被拉开了，事实上这道门只是用碰锁锁上的。霍尔心里一动，把陌生人的房间和泰德·亨弗利的话联系了起来。他很清楚地记得头天晚上妻子关门的时候他还在旁边举着蜡烛。看到这种情形，他呆了一下，然后拿着瓶子就往楼上跑去。他拍了拍陌生人的房门，没有动静，他又拍了一下，就把门推开，走了进去。

不出所料，房间里、床上都没有人。更奇怪的是，在卧室的椅子上、床沿上，散落着客人的绷带和衣服，这也是霍尔见过陌生人穿过的唯一的衣服。他的大帽子懒洋洋地耷拉在床柱上。这时，霍尔听到妻子在地窖里叫他，催得很急，尾音提得很高，西苏塞克斯的村民不耐烦的时候说话都爱用这个调子。

"乔治！你找到我想要的东西了吗？"

听到叫声，他转身跑到地窖。"珍妮，"他在通往地窖的扶梯上说道，"泰德说的是真的，他不在房间，人不见了。大门的插销也拉开了。"

霍尔太太开始还没有明白过来，但一听明白她就决定亲自去空房间看看。霍尔手里还拿着瓶子，在前面带路。"他人不在这里，但他的衣服又在这里，"霍尔说道，"他不穿衣服在干什么呢？真是太奇怪了。"

他们后来才确定，在他们从地窖往上走的时候他们都觉得听到大门打开又关上的声音，但他们看到门是关着的，什么都没有，所以两个人都没有说到此事。走到过道的时候，霍尔太太跑到了丈夫前面，抢先来到楼上。有人在楼梯上打喷嚏。霍尔在妻子后面五六步的距离，他以为是她在打喷嚏。而霍尔太太在前面则以为是丈夫在打。她把门推开，站在门口审视房间。"这一切太奇怪了！"她说道。

她听到背后传来喷嚏声，转过身，却发现丈夫才刚爬完楼梯，离她还有十多英尺远，但很快，他就来到了她的身边。她弯下身子，摸了摸枕头，又摸了摸衣服。

"是冷的，"她说道，"他至少起来有一个小时了。"

正在此时，更神奇的事情发生了。床上的衣服自己聚集在一起，堆成了一堆，然后又猛地冲过床的栏杆，仿佛有一只手从中间抓住它们，又扔到一边。紧接着，陌生人的帽子从床柱子上跳了起来，在空中飞了大半圈，砸在霍尔太太的脸上。盥洗台上的海绵也飞了起来，椅子也动了起来，把陌生人的外套和椅子扔到了一边，像陌生人一样干笑几声，抬起四条腿对着霍尔太太，好像在瞄准，然后突然向她冲去。她尖叫着转身逃命，椅子轻轻地落在她的背上，但非常有力地把她和丈夫推出了门外。门砰的一声猛然关上了，然后响起了上锁的声音。椅子和床仿佛在跳舞庆祝胜利，突然，一切都陷入平静。

在楼梯口，霍尔太太倒在丈夫怀中，几乎要晕过去。米利被尖叫声吓醒了，她和霍尔先生费了好大的劲才把霍尔太太弄到楼下，还给她服了兴奋剂，这是当地人的一贯做法。

"是妖怪，"霍尔太太说道，"我知道那是妖怪，我在报纸上看到过，桌子椅子会跳舞……"

"再喝一口，珍妮，"霍尔说道，"它会让你平静下来。"

"把他锁在外面，"霍尔太太说道，"不要让他再进来了。我猜，也许我已经知道是怎么回事。戴着护目眼镜，头上缠着绷带，星期天从不去教堂，还有那些瓶瓶罐罐，正常人谁会有那么多呀。他对家具施了妖术……我可怜的家具！那椅子还是我小时候亲爱的母亲坐过的。它现在居然还会打我，想想这叫怎么回事呀！"

"珍妮，再喝一点，"霍尔说道，"你太紧张了。"

五点的时候，天上升起了金色的太阳。霍尔夫妇派米利到街对面把铁匠森迪·卫吉斯请来。"霍尔先生向你表达问候，楼上的家具出了怪事，卫吉斯先生会来吗？"卫吉斯先生见多识广，足智多谋，他觉得此事非常严重："我敢拿人头担保，这肯定是妖术，对付这种东西，必须用马蹄铁。"

他忧心忡忡地过来了，大家都想让他带头上去看看，但他似乎并不着急，而更喜欢在过道说话。他在屋外转了一圈，仔细打量了一番。回来的路上，哈克斯特的学徒刚出门，准备把卖烟窗口的板子取下来，也被叫来一起商议，几分钟后，哈克斯特先生也自然而然地跟了过来。盎格鲁-撒克逊组织的议会政府的天才在此得到了充分体现，夸夸其谈，但没有任何决断。

"首先，让我们知道是怎么回事。"森迪·卫吉斯坚持说道，"我们得弄清楚门是否是被撞开的。门没有撞破，你总是可以把它撞破，可你不能把已经撞破的门弄成没有撞破的。"

突然，楼上房间的门很神奇地自己打开了。正在他们惊讶地往上看的时候，陌生人裹得严严实实地走下了楼梯，他用那副大得离谱的玻璃眼镜漠然地望着大家，他两脚僵硬，行动缓慢，穿过通道之后，他停了下来。

"看那里！"他说道，大家顺着他戴着手套的手指所指的方向望去，看到一瓶菝葜放在地窖门口。突然，陌生人进了客厅，当着他们的面，狠狠地把门关上了。

没有人说一句话，只有关门的声音在空气中回响。大家面面相觑。"啊，如果这还不算离奇的事情的话……"卫吉斯先生说道，他没有把话说完。

"我要进去问问，"卫吉斯说道，"我要他作出解释。"

过了好半天，霍尔先生才鼓足勇气走到门口，在门上敲了两下，把门推开，往里走了一步："请原谅……"

"给我滚蛋！"陌生人大声地说道，"把门关上。"这次会面就这样结束了。

第七章　陌生人现形

陌生人是早上五点半左右进客厅的，他在里面一直待到中午，窗帘下垂，房门紧闭。霍尔被喝退之后，谁也不敢靠近他。

整个上午他都没有吃东西，他摇了三次铃，第三次摇得很急，摇了很久，但没有谁理会他。"让他和他的一切见鬼去吧！"霍尔说道。很快就传来牧师家被盗的消息，这两件事就被联系在了一起。霍尔在卫吉斯的陪同下，去找法官夏克福斯先生，想听听他的意见。谁也不敢上楼，谁也不知道陌生人在上面干什么。不时听到他在房间里来回走动，有两次听到他在咒骂，还有一次撕纸的声音，一次玻璃瓶被猛然摔碎的声音。

围观的人越来越多，他们心里害怕，但又想看热闹。哈克斯特太太来了，还有一群快乐的年轻人，身穿黑色的成衣，戴着凸纹的纸领带，因为这是降临周的星期一，他们也参与进来，茫然地问这问那。年轻的阿奇·哈克与众不同，他爬上院子，想从窗帘往里偷窥，什么都看不见，却说他看到陌生人在这样那样，其他年轻人马上就跟着上去了。

降临周的星期一难得有这样的好天气，沿街搭了十多个小摊，还有一个打靶场，铁匠铺旁边的草地上停了三辆黄褐色的马车，一些衣着光鲜的男女在玩掷椰子果的游戏。男的穿着蓝色的毛衣，女的穿着白色的围裙，戴着时尚的羽毛帽子。"紫鹿饭店"的沃杰尔和卖二手自行车的皮匠吉格斯先生拉着一串英国国旗和王室的旗子挂在马路上。

在昏暗的客厅里，只有一缕阳光射进来，陌生人可能已经饿了，他有些害怕，大热天，身上裹着厚厚一层衣服让人觉得很难受。他透过黑色的眼镜看着他的书本，或者摆弄那些肮脏的小瓶子，偶尔对着窗外的小孩子大骂几句，他虽然看不到他们，却可以听到他们在外面说话的声音。在壁炉边的角落里，堆了五六个瓶子的碎片，空气中弥漫着刺鼻的氯气的味道。这一切都是我们当时听到和后来在房间里看到的。

中午的时候，他突然打开了客厅的门，对着酒吧间的几个人怒目而视。"霍尔太太。"他说道。当中有个胆小的马上就去叫霍尔太太。

不一会儿，霍尔太太来了，有点上气不接下气，但看起来更加气势汹汹。霍尔先生还没有回来。看来她早有准备，手里拿着一个小托盘，上面放了一张没有结的账单。"你是在要你的账单吗，先生？"她问道。

"为什么不给我吃早饭？为什么不给我准备午饭，摇铃也没有人理？你以为我是神仙，可以不吃饭吗？"

"那你为什么不付账呢？"霍尔太太说道，"我想知道这个。"

"三天前我就告诉你，我在等一笔汇款。"

"我两天前就告诉你我不打算等什么汇款，如果我的账单要等上四五天才付的话，你的早餐也需要等待，请你不要抱怨，明白了吗？"

陌生人骂了一句，虽然说得很快，但可以听得清清楚楚。

"说话客气点！"客厅里的人纷纷制止。

"把那些骂人的话对自己说吧。"霍尔太太说道。

陌生人愤怒地站在那里，很像一个游泳头盔。酒吧里所有的人都认为霍尔太太占了上风。只听他说道："哎，我的好房东太太……"

"别这样叫我。"霍尔太太说道。

"我跟你说过我的汇款还没有到。"

"少来什么汇款！"

"我可以说，我现在口袋里……"

"三天前你就告诉我说你只剩下值一英镑的银子了。"

"哦，我又找到了一些……"

"哦……"酒吧间里响起了嘘声。

"我想知道你是从哪里找到的。"霍尔太太说道。

这似乎让陌生人十分生气，他跺了跺脚，说道："你什么意思？"

"我想知道你是从哪里弄的钱。"霍尔太太说道，"在我收账之前，或者在给你早餐之前，以及在给你做任何事情之前，你必须把这两件事说清楚。我不明白，这里的人都不明白，大家都想知道到底是怎么回事。我想知道你究竟对我的椅子做了什么，我想知道你的房间先前为什么是空的，你又是怎么进来的。这个房子里的人都是从大门进出，这是规矩，但你没有遵守规矩，我想知道你是怎么进来的，我还想知道……"

"住口！"突然，陌生人抬起戴着手套的双手，把拳头攥得紧紧的，又跺了跺脚。他的声音太响了，霍尔太太一下子安静了下来。

"你不明白我是谁，是干什么的，"他说道，"我给你看看吧，看在上帝的分上，我就给你看看。"说完，他伸开手，放到脸上，然后拿开。他脸部中间露出一个黑洞。"拿去！"他说道。他向前走了几步，把一个东西递给霍尔太太。霍尔太太看着他变形的脸，不由自主地接了过来。她定睛一看，顿时尖叫起来，把那东西扔到地上，连连后退。陌生人的鼻子，又红又亮，在地上打着滚儿。

接着，陌生人又取下他的眼镜，酒吧间里所有的人的呼吸都变得急促。他摘下帽子，然后又使劲扯下胡须和绷带。他们坚持看了一会儿，但很快酒吧间里就充满了恐惧。"啊，我的天哪！"有人叫了一声，所有的人立刻四处逃散。

情况比想象的还要恐怖。霍尔太太看到以后张嘴尖叫起来，转身就往门口跑去，她的叫声凄厉而恐怖。所有的人都往外逃命。他们原以为会看到伤疤、毁容、恐怖的面容，但里面什么都没有。绷带和假发从通道扔向酒吧间，吓得一个笨手笨脚的年轻人跳到一边躲避。人们开始相互踩踏，向台阶冲去。因为站在那里大声叫喊的人，只剩下一个身躯，衣领以上空空的，什么都看不见。

村里的人听到叫喊声和尖叫声，看到车马客栈的人从里面狂奔出来。霍尔太太摔倒在地，泰德·亨弗利太太一下子跳过，以免被她绊倒。接着，他们又听到米利恐怖的尖叫，她在厨房听到吵闹声跑出来，从背后撞上了这个无头的陌生人。

立刻，街上所有的人——卖糖的小贩，椰子球老板和他的帮工，摆秋千摊的，少男少女，土里土气的花花公子，漂亮的姑娘，穿工作服的老头，戴围裙的吉卜赛女人——都往客栈跑来，不一会儿，就奇迹般地聚集了四十多个，而且人数还在不断增加。他们在霍尔太太的客栈外推搡着，叫喊

着，相互询问，发表意见。人人都急于说话，结果就是乱作
一团，谁也不知道谁在说什么。几个人把霍尔太太从地上扶
了起来。一个目击者在大声地讲一些令人难以置信的事实。
"哦，妖怪！""他当时在干什么？""他没有伤害那个女孩
吧？""我想他肯定拿着刀向她冲去。""他没有长脑袋，我
告诉你。我的意思不是说他说话不经过大脑，而是这个人真的
没有脑袋。""胡说，他肯定是在变魔术。""他把头上缠的
东西取下了，他真的……"

　　人群争着从门口往里看，自动形成了一个楔形，胆大的
挤到前面离门最近的地方。"他站了一会儿，我听到有个女孩
在尖叫，他又转过身去了。我看女孩的裙子动了一下，他追她
去了。十秒钟不到，他回来了，手里拿着刀和面包，他站在那
里，好像盯着什么。这是刚发生的事情，他又从那道门进去
了。我告诉你，他真的没有头，你刚好错过。"

　　后面有一点骚乱，说话者让到一边，因为后面的人一直很
坚决地往前挤。霍尔先生首当其冲，他满脸通红，十分坚决。
紧随其后的是村里的治安官博比·杰弗斯，还有小心谨慎的卫
吉斯先生。他们是带着逮捕证来的。

　　人们不停地叫喊，说着最近的事态发展，但好多都自相矛
盾。"管他有没有头，"杰弗斯说道，"我就是来抓他的，我
一定会抓到他。"

霍尔先生登上台阶，大步来到客厅门口，猛地把门推开。"治安官，"他说道，"请执行公务吧。"

杰弗斯冲了进去，霍尔和卫吉斯紧随其后，屋内光线昏暗，他们看到一个无头的人站在对面，手上戴着手套，一手拿着咬了一口的面包，一手拿着一块奶酪。

"就是他！"霍尔叫道。

"在搞什么鬼？"一个愤怒的声音从那个人的衣领上面传了出来。

"你这个该死的狡猾东西，"杰弗斯先生说道，"不管你有没有头，逮捕证上说的是'身体'，我得公事公办。"

陌生人突然把手里的面包和奶酪扔到地上，霍尔先生也刚好把桌上的刀抢在手里。陌生人把左手的手套扯下来扔到了杰弗斯的脸上。杰弗斯停止了关于逮捕证的声明，一手抓住陌生人没有手的手腕，另一只手抓住了他那看不见的脖子。杰弗斯的胫骨被猛踢了一下，痛得叫了出来，但他仍不松手，死死地抓住对方。霍尔把刀顺着桌子给卫吉斯滑了过去，卫吉斯在这场打斗中有点像个守门员。当杰弗斯和陌生人摇摇晃晃地扭打过来时，他也冲上前去一起厮打。椅子挡在中间，当他们一起摔倒的时候，椅子也被撞倒了。

"抓住他的脚。"杰弗斯从牙缝里冒出一句话。

霍尔听了，准备去抓脚，结果肋骨上被狠狠地踢了一下，痛得他只好撒手。卫吉斯手里还拿着刀，看到没脑袋的陌生人已经翻过身来压在杰弗斯的身上，就开始往后退，与哈克斯特先生和塞德桥的马车夫撞在了一起，他们也是来维护法律和秩序的。这时，有几个瓶子从五斗橱上掉下来摔碎了，房间里顿时充满了刺鼻的味道。

"我投降。"陌生人叫道，其实他把杰弗斯压在了身下，一会儿，他站了起来，喘着粗气。多奇怪的一个人呀，既没有头，也没有手，因为他把两只手套都脱了下来。"这样做没有什么好处。"他说道，好像在大口喘气。

声音如同从太空中传过来一样，世上最离奇的事莫过于此，但苏塞克斯的农民也许是世界上最务实的人，杰弗斯站起身来，掏出一副手铐，但他马上愣住了。"我说，"他突然意识到有些不妥，便停了一会儿，"该死的，我无法给他戴手铐。"

陌生人的手顺着马甲滑下去，在他的袖子所指之处，纽扣全解开了。他又说他的胫骨受伤了，然后弯下了腰，他好像在弄他的鞋子和袜子。

"啊，"哈克斯特突然叫道，"这根本不是一个人，他衣服里面是空的。你看，你可以从他的衣领和衬里看下去，我可把我的手……"

他伸出手，好像在半空中碰到了什么东西，他尖叫一声，把手缩了回来。"我希望你的手不要碰到我的眼睛，"从空中传来一个警告的声音，"我整个人都在这里，头、手、脚，身体的所有部分都在，只是我是隐形的。这是一件让人烦心的事，但我的确如此。我总不会因为这一点而被艾坪愚蠢的乡下人撕成碎片吧？"

那套衣服所有的纽扣已经解开，松松地挂在看不见的支架上，他站了起来，两手做叉腰状。这时，又有几个人进入了房间，里面显得有点挤。"隐形的，呃？"哈克斯特没有理会陌生人的咒骂，说道，"有谁听说过这样的事情。"

"也许是很奇怪，但这不是犯罪。为什么我这样就要受到警察的攻击呢？"

"啊！那是另一回事，"杰弗斯说道，"毫无疑问，很难在光线下看到你，但我有逮捕证，那是绝对没有错的。我要抓你不是因为你隐形而是入室行窃。有人进入别人的房子把钱拿走了。"

"是吗？"

"所有的证据都指向……"

"胡说八道。"隐形人说道。

"我也不希望这样，但是我得到命令。"

"好吧，"陌生人说道，"我跟你去就是了。但是不要给我戴手铐。"

"这是规矩。"杰弗斯说道。

"不要手铐。"陌生人坚持说。

"请原谅。"杰弗斯说道。

那个人突然坐下，人们还没有反应过来，他已经把鞋子、袜子、裤子都踢到了桌子底下，然后又跳起来，把外套脱了下来。

"嘿，快住手！"杰弗斯突然意识到了陌生人想干什么。他抓住马甲，它挣了一下，从衬衫外面滑脱了，软软地落在他的手上。"抓住他！"杰弗斯喊道，"要是他脱光了……"

"抓住他！"所有的人都叫了起来，冲向那件舞动的衬衫，这是陌生人身上唯一能看到的东西。

霍尔伸开双手向袖子冲去，衬衫袖子一下子打在霍尔的脸上，使他连连后退，撞到教堂老司事图森的身上。此时，衬衫往上升起，在两只胳膊的地方开始收缩，像是有人从头顶脱衬衫一样。杰弗斯伸手去抓，结果反倒帮忙把它脱了下来。他的嘴巴在空中挨了一拳，他本能地抽出警棍，狠狠地打下去，谁知打在了泰德·亨弗利的头顶上。

"当心！"所有的人一边叫嚷，一边忙乱地自卫，对着空气乱打。"抓住他！快把门关上！别让他跑了！我抓住什么了！他在这里！"屋里乱作一团，好像每个人都同时被打中。森德·卫吉斯一向睿智过人，鼻子挨了一拳之后变得更加聪明。他把门打开，开始带头往外跑。其他人见状也不由自主地跟着往外跑，门口顿时变得拥挤。打斗还在继续，唯一教的菲普斯门牙被打掉了一颗，泰德耳朵的软骨受伤，杰弗斯的下颌被揍。他转过身，觉得和哈克斯特之间有什么东西隔着，他一把抓住，摸到一个肌肉发达的胸膛。此时，门外兴奋的人群几经挣扎，终于挤了进来，冲进了拥挤的客厅。

"我抓住他了！"杰弗斯大声叫道，他说话时像是噎住了，脸色发紫，静脉偾张，和看不见的敌人搏斗着。这场打斗不同寻常，两个人摇摇晃晃打到门口，从六级台阶上一起滚了下去。只听杰弗斯叫喊着，好像颈子被卡住了，但他丝毫没有松手，用他的膝盖去顶对方，他们又滚了一圈，杰弗斯的头重重地摔在砾石上，这时，他的手指才松开了。

围观的人群激动地叫喊着："抓住他！""隐身人！"……这时，一个不知名的年轻人冲了上去，抓住了什么东西，随即又脱手了，跌倒在躺在地上的治安官的身上。在马路中间，一个妇女感觉什么东西推了她一下，马上尖叫起来；一条狗，很显然被踢了一脚，狂叫着跑进了哈克斯特家的院子。就这样，隐形人逃走了，一时间，人们站在那里，惊愕不已，不停地打着手势，接着就惊慌起来，开始四处逃散，如秋风扫落叶般，一下子全跑了。只剩下杰弗斯一个人仰面屈膝，静静地躺在客栈外的台阶下面。

第八章　在途中

　　第八章相当简短，讲的是本地的一个业余博物学家吉本斯，他当时躺在广阔的高地上。他觉得方圆几里都没有人，正要打瞌睡的时候，突然听到附近有人在咳嗽打喷嚏，还一个人自言自语地咒骂着。吉本斯望了望四周，什么都没看见。但是声音却是毋庸置疑的。咒骂声还在继续，从他的用词来看，应该是个有文化的人。他骂到了高潮，声音慢慢弱了，最后消失在远处，好像是往阿德丁方向去了。吉本斯还不知道今天早上发生的事情，但刚才发生的事太离奇了，让他感到不安，他那哲学家的平静也被打破了。他连忙起身，匆匆地沿着陡峭的山路向村子走去。

第九章　托马斯·马维尔

托马斯·马维尔是一个面容多变的人，长着一个圆柱形的鼻子，一张大嘴巴，让人一看就知道很贪杯，一楂硬胡子，显得很怪异。他有点发福，短小的四肢更突出了这一特点。他戴着皮毛大礼帽，扣子掉了也不管，就用麻绳和鞋带捆着，在衣服最关键的地方也是如此，让人一看就知道是个单身汉。

在离艾坪大约一英里半，通往阿德丁的高地上，托马斯·马维尔坐在路边，把脚放在沟里。他脚上的袜子到处是洞，跟赤脚差不多。两个大拇指露出来，就像两只竖起的狗耳朵。他很悠闲，做什么事都那么悠闲，在想到底穿哪一双靴子的问题。这双靴子是最结实的，但是太大了；另一双靴子，晴天的时候穿起来很舒服，但是雨天穿又显得太单薄了。托马斯·马维尔讨厌大靴子，也讨厌潮湿的天气，但究竟最讨厌哪一个，他自己也没有搞清楚。天气不错，又没有什么事情可做，于是他把两双靴子摆在草地上，仔细端详。在青草和刚冒出的龙牙草的映衬下，他突然觉得两双靴子都很难看。他只顾想着自己的靴子，连听到后面有人说话时都不觉得吃惊。

"再怎么说，它们都是靴子。"一个声音说道。

"都是别人送的，"托马斯·马维尔说道，他把头偏到一边，看着那两双靴子，脸上露出了厌恶的表情，"我发誓，这是这个世界上最丑陋的一双靴子。"

"嗯。"那个声音说道。

"我穿过比这更糟糕的，实际上，我什么都没有穿，但从来都没有穿过这样丑陋的，如果允许我这样说的话。这几天，我一直在讨要靴子，我对这两双实在是看不下去了。结实倒是结实，可是穿起来走路像打雷一样响。你信不信，在这个该死的地方，我费了好大劲，除了这两双破靴子，其他什么都没有讨到。这个地方的人擅长做靴子，可我就这么倒霉，讨了十多年的靴子，瞧瞧他们是怎么对我的。"

"这个该死的地方，"那个声音说道，"这里的人猪狗不如。"

"可不是！"托马斯·马维尔说道，"天哪！看看这两双靴子！真是太糟糕了！"

他转过头，想看看对方的靴子，比较一下。咦？本以为可以看到对方的腿和靴子，可是那里什么都没有。他一脸惊讶，说道："你在哪里？"他转身望了望四周，只看见空旷的高地，远处的灌木丛在风中摇摆。

"我喝醉了吗？"马维尔先生说道，"是幻觉？我是在跟自己说话吗？可……"

"别害怕。"一个声音说道。

"别用你的肚皮说话了，"托马斯·马维尔先生一边说，一边跳了起来，"你究竟在哪里？吓死我了！"

"别害怕。"那个声音重复了一遍。

"你一会儿就会害怕的，你这个蠢货！"托马斯·马维尔说道，"你在哪里？让我看看你……"

"你是埋在地下的死人？"托马斯·马维尔停了一会儿，问道。

没有回答。托马斯·马维尔赤脚站在那里，惊愕不已，连衣服都快要掉下来了。

远处传来田凫的叫声。

"肯定是田凫！"托马斯·马维尔说道，"别开玩笑了。"高地四周一片孤寂，南北走向的大路两边有浅浅的水沟，白色的标杆，除了田凫以外，没有别的活物，蓝色的天空也显得十分空寂。"上帝保佑！"托马斯·马维尔一边说，一边把外套往肩膀上拉，"都是喝酒喝的，我早该知道。"

"不是喝多了，"那个声音说道，"你别紧张。"

"啊！"马维尔先生说道，他的脸唰地变得苍白，更突显出脸上的几块瘢痕。"是喝多了！"他重复着，声音小得连他自己都听不到。他向四周张望，慢慢地往后退。"我发誓我听到声音了。"他小声说道。

"你当然听到了。"

"又有了。"马维尔先生说道，他闭上眼睛，双手抱头，做出一副痛苦的样子。突然有人抓住他的衣领使劲摇晃，他感觉头更昏了。"别傻了。"那个声音说道。

"我要疯了，"马维尔先生叫道，"这样做没什么好处。这该死的靴子真要把人逼疯了，要不我就是见鬼了。"

"都不是，"那个声音说道，"你听我说！"

"疯了！"马维尔先生说道。

"等一下。"那个声音说道，声音很有穿透力，但因为尽量克制而有些发抖。

"你要做什么？"托马斯问道，他有一种奇怪的感觉，好像胸口被人用手指戳了一下。

"你以为我只是幻觉吗？"

"那你到底是什么？"托马斯·马维尔先生一边说，一边揉他的后颈窝。

"好吧，"那个声音说道，他的语气有些缓和，"我会向你扔石头，这样你就会相信我了。"

"但是你在哪里呀？"

那个声音没有回答。嗖的一声，从空中飞来一颗石子，差一点打在马维尔先生的肩上。马维尔先生转过身，看到一颗石子跳到空中，弯弯曲曲地移动，又停了一会儿，猛地砸在他的脚上。他惊呆了，都不知道躲避。石头砸在托马斯·马维尔的光脚上，又弹到了水沟里。托马斯痛得跳起来，哇哇大叫。他开始逃跑，却被看不见的障碍物绊了一下，一头栽倒在地。

"现在，"那个声音说道，第三颗石头又飞起来了，它蜿蜒前进，停在了流浪汉的头上，"你还认为我是幻觉吗？"

马维尔先生没有回答，挣扎着站起身来，但马上又滚到一边。他静静地躺了一会儿。"你要再动，"那个声音说，"我就用石头砸你的头。"

"真是神了！"托马斯·马维尔先生说道。他坐起身来，用手捂着受伤的脚趾，眼睛盯着第三颗石头。"我不明白，石头为什么自己会飞，还能讲话。把你自己放下吧。我认输了。"

第三颗石头落了下来。

"很简单，"那个声音说道，"我是一个隐身人。"

"我不懂你在说什么，"马维尔先生痛得直喘粗气，"你藏在哪里，你是怎么做到的，我不明白。我都被你弄糊涂了！"

"就是这样，"那个声音说道，"我是隐身的，你必须明白这一点。"

"这谁都看得出来，你不要那么不耐烦，先生。现在，请给我一个解释，你是怎么藏起来的？"

"我是隐身的，就是这样，你必须弄清这点……"

"但是你在哪里呢？"马维尔先生打断了他的话。

"我就在这里，你前面六尺的地方。"

"哦，别逗了！我不是瞎子。你不要告诉我你就是空气，我可不是好糊弄的流浪汉……"

"对，我就是空气，你能透过我，看到别的东西。"

"什么！你身上没有其他东西吗？只有声音和……那是什么？"

"我只是一个普通的人，有躯壳，需要吃喝，也需要穿衣服。但我是隐身的，你明白了吗？我是看不见的，就这么简单。"

"真的吗？"

"真的。"

"让我摸摸你的手，"马维尔说道，"你要是真的，就会像正常人一样，哎哟，你把我弄跳起来了！怎么这样使劲抓我！"

他松开手指摸了摸刚才抓住他手腕的那只手，又往上摸到了手臂，拍了拍结实的胸脯，又摸到长满胡子的脸。马维尔满脸的惊异。

"要是这不比斗鸡还有趣的话，让我死了算了。"他说道，"太神奇了！我从你的身体看到半英里外有只兔子！你身上什么都看不见，除了……"

他又仔细检查了面前明显空无一物的空间。"你该没有吃面包和奶酪吧？"他问道，手里还握着隐身人的胳膊。

"你说得对，还没有消化。"

"啊！"马维尔先生说道，"听起来像鬼一样。"

"其实，这一切并非像你想的那样美妙。"

"我愿望不高，这对于我来说已经很妙了。"托马斯·马维尔说道，"你是怎么做到的？见鬼！这是怎么回事？"

"说来话长，而且……"

"告诉你，整个事情把我头都弄昏了。"

"我现在想说的是，我需要帮助。我刚才在漫无目的地转悠，愤怒得发狂，身上一丝不挂，身体虚弱。我可能还杀了人。现在见到你，我……"

"我的老天！"马维尔先生说道。

"我来到你身后，迟疑了一会儿……又继续……"

马维尔听着，脸上的表情跟着不停地变化。

　　"我又停了下来，'这里，'我对自己说，'有一个跟我一样的无家可归的人，这就是我要找的人。'于是我就转过身来找你。接着……"

　　"天哪！"马维尔先生说道，"我都被弄糊涂了，我想问问，这到底是怎么回事？你到底要我怎么帮你？隐身人！"

　　"我要你帮我找衣服，住的地方，以及其他东西。我好久没有这些东西了，要是你不愿意……那么，但是我知道你会的，你必须照我说的做。"

　　"瞧，"马维尔先生说道，"你已经把我吓得够呛，放了我吧，别再折磨我了。你把我的脚指头都要打破了，太没有道理了。这高地上空无一人，天上空无一人，方圆几英里什么都没有。突然，一个声音从天而降，石头又扔了过来！还有这拳头，天哪！"

　　"你得振作起来，"那个声音说道，"我已经选中你了，你别无选择。"

　　马维尔先生鼓起腮帮子，两眼瞪得圆圆的。

　　"我选择你，"那声音说道，"除了下面那些蠢货以外，你是唯一知道隐身人这件事的人。你必须帮助我，当然，我会给你很多好处。隐身人是具有超凡能力的人。"他停了一会儿，开始使劲打喷嚏。

　　"但如果你背叛我，"他继续说道，"或者没能照我吩咐的去做……"他停下来，用力地拍了拍马维尔先生的肩膀，后者发出了恐怖的叫声。"我不想背叛你，"马维尔先生一边说，一边躲开对着他的指头，"你可别那样想，不管你做什么，我都要帮助你。你告诉我，要我做什么。老天，你要我做什么，我都心甘情愿地为你做。"

第十章 马维尔来到艾坪

最初的恐慌过去之后，艾坪的人便开始争论不休。怀疑论突然占了上风，尽管怀疑者自己没什么证据，但还是充满怀疑。不相信有隐身人容易得多，毕竟，见过他融入空气之中，或者感觉到他臂膀力量的人屈指可数。而这些人中，卫吉斯先生刚刚跑回自己的家中躲了起来，杰弗斯躺在车马客栈的客厅里，呆若木鸡。超过人们经验的奇思怪想往往没有那些触手可及的小事情有吸引力。艾坪四处喜气洋洋，所有的人都身着节日的盛装。降临周已经盼望了一个多月，下午的时候，那些还相信隐身人的，认为隐身人已经走远，便开始了他们的娱乐活动，而怀疑者早就把他当作了一个笑料。那一天，不管是怀疑者，还是支持者，都显得相当友好和善。

黑斯曼家的草地成了欢乐的海洋，邦廷太太和一些妇女在帐篷里准备下午茶。帐篷外面一片喧嚣，主日学校的孩子们在副牧师、卡斯小姐和萨克巴特的指挥下赛跑，玩游戏。毫无疑问，空气中还飘散着一丝不安，但人们尽量把刚刚经历的恐惧隐藏起来。在村子的一块绿地上立有滑轮，上面挂着一根绳子，人吊在上面，旁边的人使劲一推，就甩到对面的沙堆上。这个游戏很受大人的青睐。当然，秋千和掷椰子果游戏也同样很受欢迎。还有骑马游戏、旋转木马，空气中充满了油气的味道和刺耳的音乐。俱乐部的成员在早上去了教堂之后，都戴上了红绿色的漂亮徽章。还有人用彩色丝带把自己的圆礼帽装饰一番。老弗莱切在过节的时候最勤劳，谁都可以看见他站在木板上，灵巧地掌握着平衡，粉刷堂屋的天花板。

四点钟的时候，一个陌生人从高地来到了村子里。他身材不高，大腹便便，头上戴着一顶破旧的帽子。他有些上气不接下气，脸上的肌肉一松一紧，喘着粗气。他满是斑点的脸显得有点凝重，看似轻盈的步伐显得有些力不从心。他在教堂拐弯，朝着车马客栈走去。包括老弗莱切在内的好多人都记得看见过他，实际上，他异样的神情引起了老弗莱切的注意，他光顾着看这个人，结果灰浆就顺着刷子流进了衣袖里。

掷椰子果游戏摊的老板注意到，这个陌生人好像在自言自语，哈克斯特先生也这样说。他来到车马客栈外的台阶下面，据哈克斯特先生说，这个人好像经历了很激烈的心理斗争之后才往客栈走去。终于，他大步走上台阶，向左拐，推开了客厅的门。哈克斯特先生听到屋里有人说他走错地方了。"这间房是私人用的。"是霍尔先生的声音。陌生人笨重地关上门，走进了酒吧间。

过了几分钟，他又出来了，他用手背擦擦嘴唇，一脸的满足，但哈克斯特先生觉得他像是装出来的。他站在那里，打量着四周。接着，哈克斯特先生看到他鬼鬼祟祟地走到院子大门，门的上面就是打开的客厅窗户。陌生人迟疑了一会儿，靠在门柱上，掏出一个陶制的烟斗，开始装烟丝，装烟的时候手指有些发抖。然后他又笨拙地点燃烟斗，抱着手臂，没精打采地吸了起来，时而警惕地往院子里瞥一眼，这和他抽烟的样子判若两人。哈克斯特先生在卖烟窗口把这一切都看在眼里，陌生人的行为太古怪了，所以他一直盯着他不放。

不一会儿，陌生人突然站起身来，把烟斗放进口袋，消失在院子里。哈克斯特先生意识到有人想要行窃，立刻跳出柜台，跑过马路来想把贼拦住。这时，马维尔先生又来了，他帽子歪戴着，一只手拿着蓝色桌布裹成的大包袱，另一只手拿着三本捆在一起的书，后来证明捆书用的是牧师的裤子吊带。他一看到哈克斯特的样子，不禁吸了一口冷气，立刻向左转身，跟着就跑。"抓贼！"哈克斯特一边叫，一边对那人紧追不舍。哈克斯特敏锐的感觉没有持续多久。他看见那个人朝着教堂拐角处飞奔，又跑上了大道。他看见村里彩旗飞扬，欢乐连连。但只有一两个人扭头看了看他。他又大喊："抓贼！"才跑了十几步，突然感觉小腿被一个神秘的东西绊了一下。他不再跑了，而是在空中飞了起来。他看到地面突然靠近自己的脸，顿时眼冒金星，后来发生的一切都不知道了。

第十一章　车马客栈

为了清楚地了解客栈发生的事情，有必要回到马维尔先生去查看哈克斯特家窗户的那一刻。当时卡斯先生和邦廷先生正在客厅里，调查早上发生的怪事。在征得霍尔先生的同意后，他们仔细检查了隐身人的行李。杰弗斯在摔昏之后已经部分恢复了知觉，在几个好心朋友的护送下回家了。霍尔太太把陌生人散落的衣服收拾整齐，房间也打扫干净。在窗前的桌子是陌生人经常工作的地方，卡斯在上面发现了三本厚厚的书，上面都贴有"日记"的标签。

"日记！"卡斯说道，一边指着桌上的三本书。"现在，不管怎么样，我们可以了解一些东西了。"牧师站在旁边，双手放在桌上。

"日记。"卡斯重复了一下，用两本把第三本支起，打开了第三本，"嗯，扉页上面没有名字。天哪，全是密码和数字。"

卡斯不停地往后翻，突然露出了失望的表情："我……天哪！邦廷，你看，全是密码。"

"没有图解吗？"邦廷先生问道，"没有插图解释说明？"

"你自己看吧，"卡斯先生说道，"有些是数学公式，有的是俄语，或者看起来像这种语言。有的是希腊语。我想你对希腊语应该……"

"当然，"邦廷先生说道，他拿出眼镜，开始擦拭，突然开始感觉很难受，因为他脑子里那点希腊语根本不顶用，"是的，是希腊语。当然，也许能从中找到一些线索。"

"我给你找个地方坐着看。"

"我想先浏览一下，"邦廷先生说道，手还在擦眼镜，"先了解 个大体情况，卡斯，接下来，你知道，我们就可以去找线索了。"

他咳嗽一声，戴上眼镜，非常挑剔地调整了半天，又咳嗽了一下。他很希望这个时候发生什么事情，以免让他当众出丑。他漫不经心地接过卡斯递给他的那本书。就在此时，事情真的发生了。

门突然打开了。

两位先生都大吃一惊，四下张望，看到一个戴着皮毛丝帽、满脸红斑的人，才舒了口气。红斑脸看着他们，问道："这里是酒吧间吧？"

"不是。"两个先生异口同声地说道。

"酒吧在那边，伙计。"邦廷先生说道。"请把门关上。"卡斯有些生气地说道。

"好的。"闯入者说道，声音很低沉，和刚才询问时的沙哑声音迥然不同，让人觉得奇怪。"你说得对，"闯入者又恢复了先前的声音，"闪开！"说完，便关上门，消失了。

"我猜这是个水手，"邦廷先生说道，"很有趣，他们总是这样。闪开！我想肯定是船上水手说的话，应该是退出房间的意思。"

"我也是这样想的，"卡斯说道，"我一直都很放松，刚才门打开的那一瞬间，把我吓了一跳。"

邦廷先生笑了笑，仿佛他没有被吓一样。"现在，"他叹了口气，说道，"我们来看看这些书。"

"等一下。"卡斯先生说着，一边起身去把门锁上。

他正在锁门的时候，听到有人在吸鼻子。

"有一件事是确定无疑的，"邦廷先生拉了把椅子在卡斯旁边坐下，说道，"最近几天，艾坪发生了一些离奇的事情，非常奇怪。当然，我是不相信隐身人这种事情的。"

"难以置信，"卡斯说道，"确实令人难以置信。但事实是，我看到了，我清楚地从他的袖子看过去。"

"真的吗，你能肯定？比如，房间里有镜子，很容易让人产生幻觉。你有没有见过高明的魔术师……"

"我不想再争论了，"卡斯说道，"邦廷，这个问题我们已经研究过了。现在，这里有几本书，我觉得有些像希腊语。毫无疑问，是希腊语字母。"他边说边指着一页的中间部分。邦廷先生脸色有些发红，把脸凑得更近了些，仿佛戴着眼镜看不清似的。这个小个子的希腊语是最糟糕的，但他坚信，除了教会里的人，其他人都觉得他精通希腊语，还能读懂希伯来原文。突然，他觉得后颈有一种奇怪的感觉，他想抬起头，却无法动弹，好像有一个巨大的力量压着他。

他感觉像是一只有力的手抓着他，把他的头压在桌上。"别动，小个子。"有一个声音轻轻地说道，"不然，我就把你们两个的脑袋拧下来。"他看到了卡斯的脸和他挨得很近，两人脸上都露出了恐惧的表情。

"我这样粗暴地对你们，非常抱歉。"那个声音说道，"但我不得不这样做。"

"你们是什么时候学会了偷窥一个研究者的个人备忘录的？"那个声音说道。两个人的下巴同时撞到桌上，牙齿发出咯咯的声音。

"你们是什么时候学会闯入一个不幸的人的房间的？"接着，又狠狠地撞了一下。

"他们把我的衣服放到哪里去了？"

"听着，"那个声音说道，"这里窗户紧闭，我已经把房间钥匙拿走了。我有的是力气，手边还有一根拨火棍，当然，你看不到。毫无疑问，只要我愿意，我就可以把你们两个杀掉，轻易地脱身。你明白吗？好，只要你们照我说的去做，不要乱说话，我就放你们走。"

牧师和医生面面相觑，医生拉长了脸。"好的。"邦廷先生说道，医生也附和了一声。两个颈上的压力顿时消失了，医生和牧师坐了起来，满脸通红，不停地扭头。

"就坐在这里，"隐身人说道，"瞧，这就是拨火棍。"

"我进房间的时候，"隐身人继续说着，把拨火棍在两人的鼻尖上晃了晃，"没想到里面竟然有人，我是来找备忘录和我的衣服的。在哪儿呢？别动！我知道不见了。尽管现在天气暖和，隐身人光着身子四处跑也没关系，但晚上太冷了。我想要衣服，还有其他的东西。当然，我还要这三本书。"

第十二章　隐身人发怒

　　客厅里发生这些事的时候，哈克斯特正盯着靠在门口吸烟的马维尔先生，在离他们不到十二码的地方，霍尔先生和泰德·亨弗利先生正讨论艾坪村的唯一话题，两人都是一头雾水。

　　突然，客厅门口传来一声猛烈的撞击声，接着又是一声尖叫，然后便沉寂了下来。

　　"喂！"泰德·亨弗利说道。

　　"喂！"酒吧间里也有人在喊。

　　霍尔先生反应有点迟钝，但是他听得很清楚。"情况不对。"他一边说，一边从酒吧间往客厅跑去。

　　他和泰德一起来到客厅门口，两人都神情紧张。"有点不对劲。"霍尔说道，泰德点头表示同意。他们嗅到一股难闻的化学品的气味，屋里有人压低声音在说话，有点像是捂着嘴说的，而且说得很急。

"你们都还好吧？"霍尔拍拍门，问道。

对话突然停了下来，但只安静了一会儿，又开始了，感觉像在耳语。接着，有人尖叫道："不！你不能这样做！"屋里突然动了起来，椅子打翻了，打斗持续了一小会儿，又恢复了平静。

"怎么回事？"泰德小声地喊道。

"你——们——还——好——吧？"霍尔先生尖声叫道。

"很——好。别——来——打——扰。"屋里的声音有些怪异，说话一顿一顿的。

"不对劲。"泰德先生说道。

"不对劲。"霍尔先生说道。

"他说'别来打扰'。"泰德说道。

"我也听到了。"霍尔说道。

"有人在吸鼻子。"泰德说道。

他们还在倾听。里面的人说话很快，声音压得很低。"我不能，"邦廷先生说，他的声音高了起来，"告诉你，先生，我不愿意。"

"说什么呢？"泰德问道。

"他说'他不愿意'。"霍尔说道，"他不愿意和我们说话，是吗？"

"很丢脸。"邦廷先生说道。

"'很丢脸。'"泰德说，"我听得很清楚。"

"现在是谁在说话？"泰德问。

"我觉得是卡斯先生，"霍尔说道，"你听到什么了吗？"

里面一片沉寂，能听到的声音都很不清楚，乱糟糟的。

"听起来好像在扔桌布。"霍尔先生说。

霍尔太太来到了酒吧间，霍尔朝她打手势，让她过来，不要说话。霍尔太太摆起老婆的架子，偏不听他的。"霍尔，你们在那里听什么？"她问道，"你就不能做点更有意义的事吗？今天这么忙！"

霍尔想通过做鬼脸、打手势的办法来跟妻子解释，但霍尔太太根本不理会，反而故意抬高了声音。霍尔和泰德只好灰溜溜地踮着脚尖回到酒吧间，一边比画，一边向她解释。

开始，她谁的话都不想听。后来，她让霍尔闭嘴，让泰德把整个事情讲出来。她认为他们的话都是胡说八道，也许里面的人只是在搬动家具。"我听到说'很丢脸'，我真的听到了。"霍尔说道。

"我也听到了，霍尔太太。"泰德说道。

"可能……"霍尔太太说道。

"嘘！"泰德·亨弗利先生说道，"我听到窗户的声音。"

"什么窗户？"霍尔太太问道。

"客厅的窗户。"泰德说。

所有的人都站在那里专注地听着。霍尔太太的眼睛对着前面，心不在焉地看着外面，六月的太阳把客栈大门照得非常亮堂，整个马路白晃晃的，哈克斯特家的店门都晒出了漆泡。突然，哈克斯特家的门打开了，哈克斯特从里面冲了出来，他满脸激动，手上还在比画。"啊！"他叫道，"抓贼啊！"他一边叫，一边朝院子门口斜冲过来，然后就不见了。同时客厅里一阵骚乱，楼上传来关窗户的声音。

霍尔、泰德和酒吧间里的其他人挤作一团，往街上冲去。他们看到有人突然从拐角处跑过，上了大路。哈克斯特先生在空中做了一个复杂的飞行动作，然后头肩着地，摔了下来。街上的人有的惊呆了站在那里，有的则跟在后面追。

哈克斯特摔晕了过去，泰德停下来查看伤情。霍尔和酒吧间的两个工人一边朝拐角冲去，一边喊着不连贯的句子，他们发现马维尔先生在教堂外的拐角处消失了。他们马上得出一个不可能的结论，隐身人突然现身了，于是立马朝前追去。但是霍尔才跑出十多码，就一声惊呼，身子斜斜地飞了起来。他抓住一个工人，连同他一起摔在地上。那情形就像在足球比赛中被人绊倒一样。第二个工人绕了个圈，倒回来，看了一会儿，认为霍尔是自己绊倒的，于是又扭头继续去追，结果踝关节被人给绊了一下，跟刚才哈克斯特的遭遇如出一辙。第一个工人正要挣扎着站起来，又被狠狠地一脚踢到旁边，那力量大得足以踢倒一头牛。

在他倒下去的时候，一群人从村里草坪向拐角处跑来。跑在前面的是掷椰子果店的老板，他穿着蓝色短衫，非常壮实。来到拐角处，他吃惊地发现，路上只有三个人趴在地上，样子很滑稽。就在这时，什么东西打在他的后脚上，他在地上滚了一圈，正好滚到随后跑上来的哥哥和合伙人的脚跟前。而这两个人也被踢了一脚，跪倒在地，后面的人跑得太快，摔倒在他们身上，顿时骂声四起。

当霍尔、泰德和几个工人跑出去的时候，霍尔太太凭着多年的经验教训，留在酒吧里，守着自己的钱柜。突然，客厅的门开了，卡斯先生跑了出来，看都没看霍尔太太一眼，冲下台阶，向拐角处跑去，边跑边叫："抓住他，别让他把包袱丢了。"

他不知道还有一个马维尔。因为，隐身人已经把书和包裹扔到了院子里。卡斯一脸愤怒，态度坚决，但他衣衫不整，腰上松松地挂了一条白色的围裙，那东西只有在希腊才能算一件衣服。"抓住他！"他咆哮着说道，"他把我的裤子抢了，牧师的衣服都被他扒光了。"

"快来照顾他。"他经过昏倒在地的哈克斯特身边时，朝泰德喊道。他刚到拐角就碰到了喧嚣的人群，一下子被撞翻在地，样子很不雅观。一人飞奔过来，重重地踩在他的手指上，他惨叫着，想挣扎着站起来，结果又被撞了个四脚朝天。这才意识到他不是在追捕坏人，而是卷入了一场溃退之中。所有的人都在往村子里退。他站起身来，耳朵后面重重地挨了一拳。他跌跌撞撞地往车马客栈走去，回来的时候看见哈克斯特坐在路当中，便从他身上一下子跳过。

走到半路，他突然听到一声怒吼，又听到有人挨了一耳光。他听出那声音是隐身人发出来的，他好像被人打了一拳，声音里透露着愤怒。一会儿，卡斯先生回到了客厅。"他回来了，邦廷，"他冲进门就说，"你寻求自保吧。"

邦廷现在正在窗前，想用壁炉地毯和一张《西部调查报》当衣服遮蔽身体。"你说谁来了？"他问道，吓得差点把衣服弄散了。

"隐身人回来了，"卡斯边说，边往窗口跑去，"我们最好离开这里。他杀红了眼，太疯狂了！"

一转眼，卡斯先生已经跑到院子里了。

"天哪！"邦廷先生说道，他左右为难，跑吧，怕没穿衣服丢人；不跑吧，又怕隐身人。这时，他听到过道里恐怖的打斗声，马上作出了决定。他爬出窗户，匆匆地整理了一下服装，迈开两条短短的胖腿，向村里跑去。

从隐身人疯狂的怒吼到邦廷先生在村里令人难忘的飞奔，

很难连贯地把艾坪发生的事说清楚。也许隐身人最初只是想掩护马维尔带着衣服和书籍逃走。但碰巧被人打了一下，他脾气本来就不好，因此就大打出手，以得到伤人的快感。

你可以想象那是一种什么情形，满街的人都在狂奔，一进屋就砰砰地把门关上，其他人则四处寻找藏身之地。你还可以想象，老弗莱切站在两把椅子支撑的板子上，突然失去平衡，会有什么样的灾难性的后果。一对夫妇正荡着秋千，突然受到惊吓，会何等郁闷。在喧嚣之后，艾坪街上除了愤怒的隐身人之外，空无一人。街上到处是散落的装饰品、彩旗、椰子，帐篷被推翻，糖果撒了一地。关门闭户的声音不绝于耳。偶尔在窗户的一角闪过一双睁大的眼睛，才让人觉得这里有人存在。

隐身人为了解气，把车马客栈的窗户玻璃全打坏了，然后又把街灯扔进了格雷博太太家的窗户。他肯定还切断了通往阿德丁的电报线路。由于他有特殊的性质，他从人们的视线中消失了，从那以后，艾坪人再也没有听说过他，也没有见过他，感觉到他。他彻底消失了。足足过了两个小时，人们才敢走到空寂的艾坪街上。

第十三章　马维尔提出辞职

夜幕降临的时候，艾坪人又开始胆战心惊地偷窥节日后街上留下的残骸。此时，在通往布兰赫斯特的路上，一个身材矮胖、头戴一顶破皮毛丝帽的人在暮色中，艰难地从一片桦木林走过。他背着三本书和蓝色桌布打的包裹，书是用松紧带捆起来的。他通红的脸上透露着恐惧和疲惫，在跑了很多路以后，腿有些抽筋。有一个声音跟着他，还有一只看不见的手时不时碰他一下，吓得他连连躲避。

"你要是再跑，"那个声音说道，"你要是再敢跑……"

"我的天哪！"马维尔先生说道，"我的肩膀到处都是伤痕。"

"我用我的名誉担保，"那个声音说道，"我会杀了你。"

"我没想跑，"马维尔先生都要哭了，"我发誓，我没有想逃跑。我只是不知道那是个拐角，就这样。我哪里知道那里有个拐角？况且，我也被打得够呛……"

"要是你不听话，我还要揍你。"那个声音说道，马维尔先生立刻闭嘴，他又鼓起腮帮子，眼里露出绝望的表情。

"要不是你拿着书被人拦截，这些乡巴佬就不会知道我的这个小秘密。现在简直糟糕透了！这些人还想来拦我，算他们运气好，自己逃跑了，否则，我饶不了他们……本来没有人知道我是隐身人！这下可如何是好？"

"那我该做什么呢？"马维尔小声地问道。

"现在全世界都知道了。报纸肯定会刊登我的消息，所有的人都会来找我，所有的人都会小心戒备……"那个声音又骂了几句才停下来。

马维尔显得更加绝望，步伐也变得缓慢。

"快点走！"那个声音催促道。

马维尔先生的脸变得苍白，脸上的红斑也变得更红了。

"别把书弄掉了，蠢货！"那个声音走到前面，厉声说道，"现在的情况是，"那个声音继续说道，"我不得不利用你……你是个蹩脚的工具，但是我必须利用你。"

"我是个可怜的工具。"马维尔说道。

"你是很可怜。"那个声音说道。

"我是你能找到的最糟糕的工具。"马维尔说道。

"我身体不好。"见那个声音没有搭腔，马维尔又继续说道。"我身体不太好。"

"怎么不好？"

"我的心脏有点毛病。这是个小问题，当然，我刚才熬过来了。但是，愿上帝保佑你！我刚才差点倒下死了。"

"是吗？"

"我没有勇气和力量来完成你交代的事情。"

"我会激励你的。"

"最好不要。我可不想把你的计划弄糟，你知道，我只是个可怜的倒霉蛋。"

"你最好别这样说。"那个声音说道，他的语气平缓，但很坚决。

"我好希望我已经死了。"马维尔说道。

"这不公平，"他又说道，"你必须承认……我也应该有权利……"

"快走！"那个声音说道。

马维尔先生调整步伐，两人又默默地向前走了一阵。

"真他妈太难了。"马维尔先生又开口说话了。

但说这个没有用，他又换了个策略。

"我这样做可以得到什么好处？"他用很委屈的口吻说道。

"给我闭嘴！"那个声音好像突然来了精神，说道，"只要你照我说的去做，好好地做，我会给你好处的。你这个蠢货，你必须……"

"先生，我跟你说，我不适合做这个。我尊重你，可是这个太……"

"你要是不闭上你的臭嘴，我又要把你的手腕拧过来。"隐身人说道，"你让我想想。"

不久，两道黄色的光从树缝里穿了过来，隐约中可以看到远处教堂的方塔。"我把手放在你的肩上，"那个声音说道，"走过村子的时候，别耍花招。你要敢耍什么花样，就让你吃苦头。"

"我知道，"马维尔叹息着说道，"我都知道。"

就这样，这个戴着一顶过时丝帽、满脸愁容的人背着行李，走过狭小的街道，消失在浓浓的暮色之中。

第十四章　在斯托伊港口

　　次日上午十点，马维尔先生坐在斯托伊港口附近一个小旅馆外的长凳上，他胡子拉碴，肮脏不堪，身边放着几本书，手插进口袋里，脸上显出疲惫和不安，鼓着腮帮子，时不时地吹口气。手边的书是用绳子捆起来的，那个包袱在松树林里扔掉了，因为陌生人改变了主意。马维尔先生坐在长凳上，尽管谁也不会看他一眼，他还是很紧张，觉得浑身燥热难当。他的手一次又一次地伸进口袋里，紧张地在里面摸索。

　　他在那里足足坐了一个小时，这时，一个老水手从旅馆里出来，手里拿着报纸，坐到了马维尔身边。"天气不错。"水手说道。

　　马维尔瞥了他一眼，眼神中透露出一些恐惧。

　　"是的。"他说道。

"这个时候的天气就是这样。"水手很肯定地说道。

"的确如此。"马维尔先生说道。

水手掏出一根牙签，说声抱歉，便开始专注地剔牙，足足剔了好几分钟。与此同时，他的眼睛随意地落在了马维尔先生风尘仆仆的身上，又看了看身边的那几本书。当他靠近马维尔先生的时候，听到口袋里有硬币晃动的声音。马维尔看起来像个乞丐，可听起来口袋里面好像有钱，这种强烈的对比让他觉得有些吃惊。从那时起，这个想法就挥之不去，老想着这个话题。

"是书吗？"他掏完牙齿，突然问道。

马维尔先生吃了一惊，看了水手一眼，说道："哦，没错，是书。"

"书中总是有些不同寻常的事情。"水手说道。

"我同意你的看法。"马维尔先生说道。

"书外也有一些不同寻常的事情。"水手说道。

"的确如此。"马维尔说道。他看了看和他说话的这个人，又看了看他的周围。

"比如，在报纸上就有一些不同寻常的事情。"水手说道。

"是的。"

"今天报纸就有。"水手说道。

"啊！"马维尔先生发出一声惊呼。

"这里有篇报道，"水手说道，两眼故意直视着马维尔先生，"比如，这里就有一篇关于隐身人的报道。"

马维尔先生歪着嘴，挠了挠腮帮子，感觉耳朵发热。"他们接下来又会写什么呢？奥地利还是美国？"他问道，说话的时候显得没有底气。

"都不是，"水手说道，"是在这里。"

"天哪！"马维尔先生吃惊地说道。

"我说的这里，并不是我们站的这个地方，我说的是在附近。"水手说道，马维尔听到这里，心里松了口气。

"隐身人！"马维尔先生说道，"他都干了些什么？"

"什么都做，"水手说道，他用眼神控制着马维尔，又提高了音调，"什么该死的事情都做得出来。"

"我都四天没有看报纸了。"马维尔说道。

"他是从艾坪开始的。"水手说道。

"的确如此！"马维尔先生说道。

"他是在那里开始的，没有谁知道他来自哪里。就是这篇报道——《艾坪奇事》，报道中说他们掌握了确切的证据。"

"天哪！"马维尔先生说道。

"不过这真是一件怪事。有牧师和医生说他刚开始很正常，没有什么出格的地方，至少没有看到他有做过出格的事情。他住在车马客栈里，没有谁留意到他的不幸。报上说，直到有一天，他和客栈的人发生了口角，把头上的绷带取了下来，这时，人们才发现他的头不见了，于是马上开始追他，但他把衣服全部脱光，成功逃脱。但在他逃脱之前，经历了一场激烈的打斗，把警察J.A.杰弗斯打成了重伤。说得有名有姓，难道不是真的吗？"

"天哪！"马维尔先生说道，他紧张地向四周张望，手又忍不住在口袋里数钱，心里突然有了一个奇怪的新想法，"听起来太让人吃惊了。"

"是吗？我觉得是件怪事，以前从未听说过隐身人，但现在却冒出这么多关于隐身人的怪事。"

"报上说他就做了这些事情？"马维尔故作镇定地问道。

"这还不够吗？"水手说道。

"他就没有再回去？"马维尔问道，"就这样逃跑了，是吗？"

"就这么多！"水手说道，"怎么，你还觉得不够？"

"够了。"马维尔说道。

"我也觉得够了，"水手说道，"我真的觉得够了。"

"他没有同伙吗？报纸上没说他有同伙，是吗？"马维尔很紧张地问道。

"你觉得这难道还不够吗？"水手问道，"谢天谢地，报纸上说他没有同伙。"

他缓缓地点了点头："一想到那个家伙在这个郡四处乱

审，我心里就时常感到不安。现在他还逍遥法外，有证据表明，他已经朝斯托伊港口方向来了。就在我们这个地方，这次可不是什么美国奇闻。想想吧，他什么事情都可能做出来。要是他多喝了几杯，想要袭击你，你往哪里躲？如果他想要抢劫，有谁能阻挡得了他？他可以横行无忌，入室抢劫，他可以在警察面前大摇大摆地走过，就像我们从瞎子面前走过一样容易，甚至更加容易，因为据说瞎子听觉相当敏锐，鼻子也非常灵敏……"

"的确，他有很大的优势，"马维尔先生说道，"而且……"

"你说得很对，"水手说道，"他很有优势。"

说话的时候马维尔先生一直紧张地看着周围，听有没有微弱的脚步声，想发现难以察觉的行动。他似乎下了很大的决心，用手捂着嘴，咳嗽了一声。他又四下望了望，听了一会儿，朝水手弯下身子，压低了声音说道："事实上，我碰巧也知道隐身人的一两件事情。我是从私人渠道打听到的。"

"哦！"水手顿时来了兴趣，说道，"你知道？"

"是的，"马维尔说道，"我知道。"

"真的？"水手说道，"那我问问你……"

"说出来吓死你，"马维尔先生说道，"真的很轰动。"

"真的吗？"

"事实上……"马维尔先生压低声音，急切地开始讲述秘密。突然，他的脸色大变。"哎哟！"他喊道，硬着身子从椅子上站了起来，脸上透露出极度痛苦的表情。"嗷！"他叫了起来。

"你怎么啦？"水手关切地问道。

"牙痛，"马维尔先生说道，他一手捂着耳朵，一手拿起书本，"我想我得走了。"他很奇怪地顺着椅子的边上离开了水手。"你不是要告诉我关于隐身人的事情吗？"水手抗议道。马维尔似乎在和自己商量。"那是骗人的。"一个声音说道。马维尔也说道："那是骗人的。"

"但报纸上都登了。"水手说道。

"还是骗人的，"马维尔说道，"我知道那个家伙在说谎，根本就没有什么隐身人……哎哟！"

"但这个报纸上又是怎么回事？你的意思是……"

"没有哪句话是真的。"马维尔大声说道。

水手拿着报纸，两眼瞪着马维尔痉挛的脸。"等等，"水手抬高了声音，缓慢地说道，"你的意思是……"

"我就是这个意思。"马维尔说道。

"你明知道这是骗人的，却让我一直讲。你这样糊弄我，到底什么意思？呃？"

马维尔先生又鼓起腮帮子，水手勃然大怒，握紧了拳头。

"我在这里说了足足十分钟，"他说道，"而你这个矮冬瓜，狗杂种，连基本的礼节都没有。"

"请你说话别带那么多脏字。"马维尔先生说道。

"脏字！我还想……"

"跟上。"一个声音说道，马维尔先生突然转了一个圈，向前走去，走路的样子像在抽筋，十分古怪。"你最好给我滚得远远的。"水手说道。"你让谁滚？"马维尔说道。他歪着身子在撤退，步伐匆忙，还时不时地向前猛蹿一下。走了一会儿，他开始嘟哝，表示不满，指责着什么。

"蠢货！"水手两脚分开，双手叉腰，望着远去的背影，骂了起来，"我要给你点颜色瞧瞧，你这个蠢货，竟敢哄我！报纸上白纸黑字地写着呢。"

马维尔先生也不示弱，时断时续地回嘴，走到拐弯的地方就看不见了。这时，水手还耀武扬威地站在路中间，直到屠夫的车开过来他才让到一边，朝斯托伊港口走去。"到处都是蠢货，"他小声地说道，"还想压倒我，他那点鬼把戏。报纸上写得明明白白的！"

他马上还会听到另一件怪事，这件事就发生在离他很近的地方。有人看到一大把钱，也没有人拿着，像长了脚一般，自己沿着圣·马歇尔路拐角处的墙往前走。今天早上，就有个水手看到了这种奇异的景象，想伸手去抓，结果被打翻在地。等他站起身来，钱已经像长了翅膀的蝴蝶一样飞不见了。这个水手说，他对什么都容易相信，但这个也太离谱了。然而，过了一会儿，他又把这件事情拿出来琢磨。

钱长翅膀的消息确有其事，在邻近地区，从庄严雄伟的银行，到商店客栈的钱柜，大把大把的钱，整整齐齐，悄无声息地沿着墙壁飞行，灵巧地躲过路人的眼睛。尽管谁也抓不住它，但到最后，这些钱都无一例外地飞入一个坐立不安的绅士的口袋里。他头戴一顶过时的丝帽，坐在斯托伊港口郊外的一个客栈门外。

十天以后，巴多克的报道已经过时，水手把所有的事实收集起来，开始意识到他和隐身人离得如此之近。

第十五章　奔跑的人

傍晚时分，在山顶上一座俯瞰巴多克景色的楼房里，肯普医生正坐在书房里，这是一个舒适的小房间，北面、西面、南面都开有窗户，书架上摆满了各种书籍和科学刊物，屋里放置了一张宽大的书桌，在北面的窗户下，有一个显微镜、玻璃涂片、精密仪器、几个细菌培养皿，还散落着几瓶化学试剂。尽管在落日余晖的映衬下，房间还很明亮，肯普医生已经把太阳能灯点亮了。此处地势较高，不怕有人在外面偷窥，所以窗帘也没有放下来。肯普医生很年轻，身材高挑瘦削，一头浅黄色的头发，留着近乎白色的胡子。他希望他所从事的工作能够使他成为皇家学会会员，他对此非常看重。

他的眼睛暂时从手里的工作移开，看着依然耀眼的落日照到对面的山上。他嘴里咬着钢笔，欣赏着金色的山峰美景。突然，一个小小的人影引起了他的注意，那人个子不高，戴着丝帽，一身漆黑，正越过山顶，朝他这个方向跑来，跑的速度很快，感觉两条腿在不停地晃动。

"又是一个蠢货，"肯普医生说道，"就像今天早上在拐角处一样，一个家伙一边喊着'隐身人来了'，一头撞在我的身上。不知道这些家伙到底着了什么魔。不知道的还以为回到13世纪了呢！"

他站起身来，走到窗前，望着渐渐变暗的山坡，看到小黑影正在往下跑。"他好像很慌乱，"肯普医生生说道，"但他好像没有前进，就算他的口袋里装满了铅，也不会有这样沉重。"

"快跑，先生。"肯普医生说道。

不一会儿，山上的别墅遮住了跑动的身影，过了一会儿又出现了，然后又不见了，不一会儿又钻了出来，这样，他在三幢独立别墅间时隐时现了三次之后，又被一道斜坡遮住了。

"蠢货！"肯普医生说道，不再理会，转了个圈，回到了书桌旁。

然而，在大路上有人看见这个逃亡者汗流满面，眼神中充满了恐惧，样子很是凄惨，他们就不像医生那样露出不屑的表情。这个人迈着沉重的步伐前行，身上不时叮当作响，好像是装满的钱袋来回摇晃发出的声音。他目不斜视，一双大眼睛直盯着山下亮着灯、人头攒动的街道。他歪着嘴，嘴唇上泛着白色的泡沫，呼呼地喘着粗气。他所到之处，人们纷纷停下来，望着他走的方向，互相询问，猜测着他匆忙赶路的原因，心里隐约有一种不安的感觉。

就在此时，在山顶上，一条正在路上玩耍的狗突然狂叫几声，跑到门后躲了起来。人们正在纳闷是怎么回事的时候，好像有一阵风吹过，吧嗒——吧嗒——吧嗒，又有点像喘气的声音。

人们尖叫起来，纷纷从人行道跳开。人们开始大叫，本能地往山下冲去。马维尔才走到一半，街上已经叫声四起，听到这个消息，人们赶紧关门闭户。马维尔也听到了，做了最后的冲刺。恐惧传播的速度比马维尔跑得还快，不一会儿，街上就被恐惧笼罩了。

"隐身人来了！隐身人！"

第十六章　在快乐的板球手旅馆

　　"快乐的板球手旅馆"位于山脚下，就在有轨电车的起点站附近。店里的一个伙计把他那肥大的红手臂支在柜台上，和一个贫血的马车夫谈论马的问题。一个身穿灰色衣服、留着黑色胡须的男子就着饼干和奶酪，喝着伯顿啤酒，操着美国口音，和一个刚下班的警察聊天。

　　"外面在叫嚷什么？"贫血的马车夫突然扯开话题，透过客栈的窗户往山上望去，窗户的下半截挂着脏兮兮的黄色窗帘。这时，有人从外面跑过。"可能是着火了。"伙计说道。

　　脚步声越来越近，显得很沉重。门突然被推开了，马维尔哭喊着冲了进来，他头发凌乱，帽子不知去了哪里，衣服的领口也撕烂了。他猛地转身，想要把门关上，可是刚关到一半就被一根带子卡住了。

"来了！"他高声叫道，声音尖厉，充满了恐惧，"他来了！隐身人，在追我。看在上帝的分上！救命，救命，救命啊！"

"把门关上，"警察说道，"你说谁来了？在叫嚷什么呢？"他来到门口，把带子解开，砰的一声关上了门。美国人跑来把另一扇门关上了。

"让我到里面去，"马维尔带着哭腔说道，他摇摇晃晃，但手还是紧紧地把书抓住，"让我躲到里面去，把我锁在什么地方。他在追杀我，我刚刚溜掉，他说他要杀我，他肯定会的。"

"你已经安全了，"黑胡子说道，"门已经关上了。到底怎么回事？"

突然，外面有人一拳打在紧闭的门上，门跟着摇晃起来，接着又传来一阵急促的拍门声，有人在外面大喊大叫。"让我到里面去。"马维尔尖叫着说道。"喂，"警察喊道，"是谁在外面？"马维尔看到窗板，以为是门，拼命地往那里冲："他会杀了我的——他手里有刀或者其他什么东西，看在上帝的分上……"

"这边，"伙计把柜台的隔板掀开，说道，"到这里来。"

马维尔冲到柜台后面，外面的人还在吆喝。"别开门，"

他尖叫着说道，"求求你们不要开门。我该藏在哪里呢？"

"这，这就是隐身人吗？"黑胡子一只手背在身后，说道，"我想，是时候会会他了。"

突然，旅馆的窗户玻璃被打碎了，街上传来尖叫声，有人在来回跑动。警察站在长椅上往外看去，想看看究竟是谁在外面。他跳下来，扬了扬眉毛，说道："就是他了。"马维尔被关在了酒吧间里，伙计站在门口的通道上，望了望打破的窗户，来到警察和黑胡子身边。

一切突然变得安静下来。"要是带上警棍就好了，"警察一边说，一边犹豫不决地往门口走去，"我们一开门，他就进来了，到时就没有什么能挡住他了。"

"你不要开得太快。"贫血的马车夫紧张地说道。

"你把门闩拉开，"黑胡子说道，"如果他进来……"他晃了晃手里的左轮手枪。

"那不行，"警察说道，"那是谋杀。"

"我知道我是在什么地方，"黑胡子说道，"我只射他的脚。把门闩拉开。"

"别在我后面放枪。"伙计一边说，一边伸长脖子在窗帘上方探望。

"好的。"黑胡子说道，他蹲下身来，手里拿着枪，把门闩拉开。伙计、马车夫、警察全都把脸转向别处。

"进来。"黑胡子压低了声音说道，他退到一边，手枪藏在身后，盯着抽掉门闩的大门。没有人进来，门一直关着。过了五分钟，另一个马车夫小心翼翼地探头进来，他们几个还在等待。这时一个焦急的面孔从酒吧间往外窥视，给他们提供信息。"所有的门都关上了吗？"马维尔问道，"他正在兜圈子，寻找机会。他跟魔鬼一样狡猾！"

"天哪！"身强体壮的伙计说道，"还有后门！看好这些门！我说……"他向周围望了望，结果没人响应。酒吧间的门砰地响了一声，他们听到钥匙转动的声音。"还有院子的门，还有侧门。院子的门……"

他冲出了酒吧。

不一会儿他又跑了回来，手里拿了一把菜刀。"院子的门是开着的！"他撇着肥厚的嘴唇说道。"他可能已经进屋了！"第一个马车夫说道。

"他不在厨房，"伙计说道，"厨房里有两个女人，我用这把切牛肉片的刀把里面每一寸地方都刺了个遍。她们也觉得他没有进来。她们没有留意到……"

"你把门闩好了吗？"第一个马车夫问道。

"我又不是三岁小孩。"伙计说道。

黑胡子把手枪放了回去，正在此时，酒吧柜台的板子关了下来，门闩啪的一声关上了。只听酒吧间的门闩一声巨响，门被撞开了，接着他们就听到马维尔像只受惊的兔子一样叫了起来，众人连忙翻过柜台去救马维尔。黑胡子放了一枪，客厅后门的穿衣镜应声而破，碎玻璃洒了一地。伙计冲进房间，看到马维尔很奇怪地扭曲着身体，在通往院子和厨房的那道门口不停地挣扎。伙计正在迟疑的时候，那道门突然打开了，马维尔被拖进了厨房，里面传来尖叫声和盘子摔到地上的声音。马维尔头朝下，被强行拖到厨房门口，门闩已经拉开。

警察一直都在试图赶到伙计前面，一下子冲了进来，身后跟着一个马车夫。警察一把抓住揪着马维尔衣领的那只看不见的手腕，结果脸上挨了一拳，踉跄而退。门开了，马维尔拼命地想在门后站稳。这时，马车夫好像抓住了什么东西。"我抓住他了！"马车夫说道。伙计的红手臂也抓住了隐身人。"他在这里！"伙计叫道。

马维尔被松开了，一下跌倒在地，他想爬到这些正在打斗的人的身后。几个人在门口厮打起来，警察踩在隐身人的脚上，隐身人大叫一声，人们第一次听到隐身人的声音。接着，他又发狂似的吼起来，拳头像打谷的连枷一样不停挥动。马车夫突然一声惨叫，蹲了下去，他的肚子被踢了一脚。从厨房到酒吧间的门砰地关上了，掩护着马维尔撤退。厨房里的人则在空中乱抓，和看不见的空气打斗。

"他到哪里去了？"黑胡子叫道，"跑出去了？"

"这边。"警察一边说，一边走进院子，停了下来。

一块瓦片嗖的一声从他头顶飞过，把厨房桌子上的一个陶罐打得粉碎。

"我要给他点颜色看看。"黑胡子叫道，警察的肩上突然多了一根发亮的钢管，接着，五颗子弹在夜色中射向刚才瓦片飞来的方向。黑胡子在开枪的时候，手画了个弧形，子弹就像轮辐一样，射向小院的各个方向。

周围一片寂静。"五颗子弹，"黑胡子说道，"就像拿了一手好牌，四张A一个王。拿盏灯来，摸一摸，看看他的尸体在哪里。"

第十七章　肯普医生的客人

　　肯普医生一直在书房写东西，突然"啪啪啪"连续几声枪响惊动了他。

　　"喂！"肯普医生又把笔叼在嘴里，侧耳倾听，"谁在巴多克街上放枪呢？这些蠢货到底在干什么！"

　　他来到朝南的窗前，把窗户推上去①望着外面，大片的窗户，成串的煤气灯，一排排的店铺，参差不齐的房顶庭院构成了小镇的夜景。"山下板球旅馆外好像有一群人。"他说，又继续在那里观看。他把眼光投向远处，看到灯火通明的码头，亮着灯的轮船，一个发着微光的小亭子像一颗闪着黄色光线的宝石。一弯新月挂在西边的山头上，星星特别明亮，如同在热

————————————

① 英国有许多房子装着框格窗，带两个玻璃框可以上下活动，有点像火车车厢里的窗子。

带一般。他的思想穿越了时空，来到了未来社会，过了五分钟，肯普医生叹了口气，拉下窗户，回到书桌旁边。

他心不在焉地写东西，时不时地走神。这时，楼下的门铃响了，他听到女仆去开门，便等着她上楼的脚步声，但足足过了一个小时，她还没有上来。"怎么回事？"肯普医生自言自语地说道。

他想要继续工作，但静不下心来，便起身准备下楼。他来到楼梯口，拉响铃铛，看到女仆出现在楼下大厅，就在栏杆扶手上问道："有信件吗？"

"刚才门铃响了，但又没看见人。"她答道。

"我今晚有些心神不宁。"他心里想着，又回到书房，决心专心工作。不一会儿，他就投入了工作。屋里只有钟的嘀嗒声和鹅毛笔在纸上划过时发出的沙沙声，在灯光的照射下，肯普医生奋笔疾书。

肯普医生完成手里的工作时已经是凌晨两点，他站起身来，打了个哈欠，下楼来到卧室。他脱掉外套和背心，突然觉得有点口渴，于是端起蜡烛，去餐厅找苏打水和威士忌。

由于从事科学研究，肯普医生具有敏锐的观察力，当他再次穿过客厅的时候，发现楼梯下的脚垫旁边的漆布上有个深色的斑点。他往楼上走去，突然想到那个斑点到底是什么呢？很显然，他的潜意识里还在思考。他又拿着东西返回楼下大厅，放下苏打水和威士忌，弯下腰，用手摸了摸那个斑点。从颜色和黏稠度来判断，那是一滴要干的血，但肯普并没有吃惊。

他又拿起喝的，往楼上走去。他一边走一边四下张望，想弄清血迹是怎么回事。在楼梯口，他看到一些东西，很吃惊地停了下来。他房间的门把手上也有血迹。

他看看自己的手，很干净。他立刻想起他从书房走下楼的时候房间门是打开的，随后又想到他根本没有碰那个把手。他径直走进房间，脸色平静，比平时显得更加果断。他的眼光落在床上，床单上有一摊血迹，床单被撕破了。先前他是直接走到梳妆台的，没有留意到这一点。在床的另一头，床单凹陷下去，好像刚刚有人在上面坐过。

突然，他感觉听到一个低沉的声音："天哪！肯普！"但肯普不相信真的听到了说话声。

他站在那里，盯着凌乱的床单。真的有声音吗？他又四下望了望，只看见沾有血迹乱糟糟的床。接着，他清楚地听到在盥洗台附近有走动的声音。无论受过多少教育，所有的人都或多或少有些迷信，因此他心里开始感觉有些害怕。他关上门，来到梳妆台前，准备放下手里的东西。突然，他吃惊地发现一条带血的绷带，悬在他和梳妆台之间，绷带是用床单撕的布条做的。

他惊讶地望着那条绷带，包扎得很规范，但里面是空的。他想上前去抓住它，但被什么东西拦住了，一个声音在耳边响起。

"肯普！"那个声音说道。

"呃？"肯普惊得合不拢嘴。

"别紧张，"那个声音说道，"我是一个隐身人。"

肯普没有马上回答，只是盯着那个绷带。"隐身人？"他说道。

"我是一个隐身人。"那个声音重复道。

今天早上肯普还在嘲笑的事情，现在又出现在他的脑海里。他一时没有反应过来，也就没有显出非常害怕或者吃惊的样子。

"我认为一切都是谎言。"他说道，心里还在想着早上争论的问题。"你缠了绷带吗？"他问道。

"是的。"隐身人答道。

"哦，"肯普说道，然后给自己鼓了鼓劲，"我认为，"他说道，"这一切都是胡说，都是骗人的把戏。"他突然向前跨了一步，把手伸向绷带，碰到了隐身人的手指。

他脸色大变，立刻把手缩回来。

"镇定，肯普。看在上帝的分上，我非常需要帮助。快住手！"一只手抓住他的胳膊，他伸手去打。

"肯普！"那个声音喊道，"肯普！冷静一下！"那只手抓得更紧了。

肯普非常惊慌，只想摆脱对方。那只胳膊上缠着绷带的手抓住肯普的肩膀，一下子把他推倒在床上。他张开嘴想叫喊，但隐身人把床单的一个角塞到他的嘴里。隐身人紧紧地压着他，但他的手脚可以活动，就拼命地踢打。

"听我说说，好吗？"隐身人说道，尽管肯普使劲打他的两肋，他还是把他紧紧按住。"老天，你快要把我逼疯了！"

"给我安静地躺着，蠢货！"隐身人对着肯普的耳朵喊道。

肯普又挣扎了一会儿之后停了下来。

"你要敢叫，我就打烂你的脸。"隐身人说着，松开了肯普嘴里的毛巾。

"我是隐身人，不是在糊弄你，也不是变魔法。我确确实实是一个隐身人，需要你的帮助。我不想伤害你，但如果你像那些乡下佬一样做出什么疯狂举动，我就没办法了。肯普，你不记得我了吗？我是大学学院的格里芬。"

"让我坐起来，"肯普说道，"让我待在这里，我想安静一会儿。"

他坐起身来，摸了摸脖子。

"我是格里芬，跟你同在一个学院。我把自己弄隐身了，我只是一个普通人，一个你认识的人，不同的是，我隐身了。"

"格里芬？"肯普说道。

"我是格里芬，"那个声音答道，"年龄比你小，有白化病，身高六英尺，脸色粉白，红眼珠，还得过化学竞赛奖章。"

"你把我弄糊涂了，"肯普说道，"我现在脑子很乱，这和格里芬有什么关系？"

"我就是格里芬。"

肯普沉思了一会儿，说道："太恐怖了！究竟是什么妖法把一个人弄隐身了？"

"这不是妖法。只是一种方法，一种清楚易懂的方法。"

"太恐怖了！"肯普说道，"究竟怎么……"

"是有点恐怖。但我现在受伤了，疼痛难忍，又非常疲惫……万能的上帝！肯普，你是一个男子汉，你得冷静地对待这件事。给我一些吃的喝的，让我坐一会儿。"

肯普盯着绷带穿过房间，又看到一把藤椅从地板上拖过，停在床边，接着就听到椅子发出嘎吱的声音，坐垫向下陷了四分之一英寸。肯普揉了揉眼睛，又摸了摸脖子。"这比见鬼还有意思！"他说着，傻乎乎地笑了起来。

"这就对了，感谢上帝，你开始清醒了。"

"或者变傻了。"肯普说着，用指关节压了压眼睛。

"给我来点威士忌，我都要死了。"

"感觉不像要死的人。你在哪里呢？我站起来会不会撞到你？啊，好吧。要威士忌？这里有，我怎么给你呢？"

椅子响了一下，肯普觉得杯子被人从手上拖了过去。他本能地想抓住杯子，因此他费了点劲才松开了手。杯子在离坐垫上方二十英寸的地方停住了。肯普迷惑不解地望着杯子："这，这肯定是催眠术，你之前暗示过你是隐身的。"

"胡说。"那个声音说道。

"这也太荒诞了！"

"你听我说。"

"我今天早上还证明过，并得出结论，"肯普开始说，"隐身……"

"别管你证明什么！我都要饿死了，"那个声音说道，"夜里很凉，一个没穿衣服的人可受不了。"

"你要吃的？"肯普问道。

盛着威士忌的杯子自己倾斜过来。"是的，"隐身人边说边放下酒杯，"你有睡袍吗？"

肯普轻呼一声，走到衣柜前，拿出一件暗红色的睡袍。"这个可以吗？"他问道。睡袍被接了过去，在半空中软软地挂了一会儿，接着就奇怪地动了起来，立在那里，纽扣自动扣上，然后就坐在椅子里。"要是有衬裤、袜子、拖鞋就好了。"隐身人说道，语气有些无礼，"还有食物。"

"什么都有，但这是我一辈子遇到的最疯狂的事情。"

他打开抽屉找这些物品，然后又下楼去储藏室找食物，回来的时候手里多了冷肉片和面包。他拉过一张轻便桌子，把食物放在客人的面前。"刀子就不用了。"客人说道，一块肉片悬在空中，同时响起了咀嚼的声音。

"隐身人。"肯普说着，在椅子上坐了下来。

"我吃东西之前，总是喜欢穿一点什么。"隐身人说道，他嘴里装满了食物，贪婪地嚼着，"很奇怪吧？"

"你的手腕没事吧？"肯普问道。

"相信我，没事。"隐身人说道。

"在所有稀奇古怪的事情中……"

"的确如此。我居然闯进你的家里包扎伤口，真是奇怪。我头一回走运。不管怎么样，我今晚打算在这里睡了。你必须忍受这一点。我流血了，看起来有点脏，让人生厌，是吧？那里有一大团血。我知道，凝固后就很明显了。我只是改变了细胞组织，只是在我活着的时候才会这样……我在这里已经待了三个小时了。"

"但你是怎么做到的呢？"肯普有些生气，问道，"该死！整个事情从头到尾都不合理。"

"其实很合理，"隐身人说道，"完全合乎情理。"

他伸出手，拿起了威士忌瓶子，肯普目不转睛地看着贪吃的睡袍。一道烛光从右肩上撕破的地方穿过，在左肋形成一个三角形。"那些枪声是怎么回事？"他问道，"怎么开起枪来了？"

"有个傻瓜——应该是我的同伙——这个该死的东西，想要偷我的钱，真的偷了。"

"他也是隐身人吗？"

"不是。"

"那是怎么回事？"

"在我给你讲这些事之前能不能再给我点吃的？我很饿，身上又痛。你就想我给你讲故事。"

肯普站起身来，问道："你没有开枪吗？"

"没有，"隐身人说道，"一个我从来没有见过的傻瓜乱开枪，很多人都害怕了，他们都怕我。这些人都该死！喂，肯普，我想再来点吃的。"

"我去楼下看看还有什么可吃的，"肯普说道，"恐怕所剩不多了。"

饱餐一顿之后，隐身人又要了一支雪茄。肯普还没找到刀子，他就用嘴野蛮地把雪茄头咬下来了，看到烟叶松开，又骂了一句。他吸烟的样子真的非常神奇，在烟雾缭绕中，他的嘴巴、咽喉、鼻孔都变得清晰可见。

"感谢你的雪茄，"他使劲地吸了一口，说道，"肯普，我真走运，碰见了你。你必须帮助我。现在想起碰到你真是很神奇。我的情况糟糕透顶，觉得自己都要疯了。我所受的罪真是一言难尽，但是我们还能做一些事情。我告诉你……"

他给自己倒了威士忌和苏打水。肯普站起身来，四处看了看，然后从另一个房间里拿了一个杯子："这太疯狂了。我想我也得喝一杯。"

"肯普，毕业十多年，你没什么变化。像你们这种安稳过日子的人变化都不大。你头脑冷静，做事有条有理。等我稍稍好些之后，我必须告诉你，我们可以一起合作。"

"但这一切是怎么回事？"肯普问道，"你是怎么弄成这个样子的？"

"看在上帝的分上，你让我安静地抽一会儿烟，稍后我再告诉你。"

但那天晚上没有讲，隐身人的手腕越来越痛，并且开始发烧。他感觉精疲力竭，脑子里面浮现出他往山下追赶，然后在旅店打斗的情形。他说话很不连贯，时不时提到马维尔，说着说着，他的声音越来越愤怒，烟抽得更快了。肯普尽量去理解他听到的一切。

"他很怕我，这一点我看得出来。"隐身人反复地说道，"他想逃跑，他时时刻刻都在找机会。我真傻。这个杂种，我早该杀了他。"

"你的钱是从哪里来的？"肯普突然问道。

隐身人沉默了一会儿，说道："这个我今晚不能告诉你。"

他突然呻吟起来，身体向前倾，用他看不见的双手托着看不见的头。"肯普，"他说道，"我几乎三天没睡觉了，只打了一两个小时的盹儿。我得马上睡觉了。"

"好的，你就睡我这间屋吧。"

"但我怎么能入睡呢？我一睡着，他就跑了。唉，这又有何妨？"

"你的枪伤怎么样？"肯普突然问道。

"不要紧，只是擦伤，出了点血。哦，上帝！我好想睡觉。"

"那就睡吧。"

隐身人望着肯普，缓慢地说道："我可不想被我的同伙抓到。"

肯普吓了一跳。

"我真蠢，"隐身人使劲捶了一下桌子，说道，"这样反倒提醒你了。"

第十八章　隐身人睡觉

隐身人尽管疲惫不堪，身上有伤，但他还是不相信肯普说的要尊重他自由的承诺。他检查了房间的两个窗户，拉上窗帘，打开窗户玻璃，证明肯普说的从窗户逃跑是可行的。窗外的夜晚一片寂静，一弯新月挂在远处的高地上。他又检查了房间的钥匙和更衣室的两道门，发现这里也可以作为逃生之所，感到非常满意。他站在壁炉前的小地毯上，肯普听到了他的哈欠声。

"对不起，"隐身人说道，"今晚不能告诉你我所有的事情，我太困了。毫无疑问，这非常离奇，也很恐怖。但是请你相信我，不管你早上怎么争辩，这的确是可能发生的。我有一个新发现，本来想一个人保守秘密的，但我做不到。我得有个合作者，而你……我们可以一起做这些事情……明天再说吧，肯普，我现在觉得要是再不睡觉马上就要死掉了。"

肯普站在屋子中间，看着这个无头的睡袍，说道："我看我得走了，这太令人难以置信了，完全颠覆了我以前的看法，要是再发生两件这样的事情，我肯定会疯掉的。但这都是真的，你还需要我给你拿什么东西吗？"

"跟我说晚安吧。"隐身人说道。

"晚安。"肯普说着，握了握隐身人的手，侧过身子向门口走去，突然睡袍向他冲了过来，"你一定要理解我，"睡袍说道，"不要企图捣乱，也不要想来抓我！否则……"

肯普的脸色有些变了，"我已经给你承诺了。"他说道。

肯普出门轻轻地把门关上，里面立刻响起了钥匙转动的声音。他一脸吃惊和无奈地站在那里，又听到跑到更衣室的脚步声，那道门也锁上了。肯普以手击额，说道："我这是在做梦吗？是这个世界疯了，还是我疯了？"

他把手放在锁上的门上，笑道："把我关在自己的房间外面，真够荒唐的！"

他来到楼梯口，回头看了看紧闭的房门，"这是事实，"他摸了摸受伤的脖子，说道，"不容争辩的事实。"

"但是……"

他绝望地摇摇头，转身下楼。

他点燃饭厅的灯，掏出雪茄，在房间里兴奋地来回踱步，不时和自己争辩。

"隐身人。"他说道。

"有隐身生物存在吗？……在海洋里肯定是有的，有成千上万种。所有的幼虫，所有硬壳动物和软体动物的幼虫，所有的微生物，还有海蜇，都是隐形的。在海洋里，隐形的生物比看得见的还要多！为什么我以前竟然从来都没有想到这一点。池塘里也同样如此，所有的池塘小生物，无色透明的胶状物，都是隐形的。但空气里面有吗？没有！"

"不可能有。"

"但为什么没有呢？"

"如果人是玻璃做的，也是可以看得见的。"

他陷入了沉思，等他再次开口说话的时候，三支雪茄都已经燃成灰烬洒落在地毯上。他惊叹一声，转身走出房间，来到诊室，点燃了煤气灯。肯普医生不靠行医为生，因而诊室不大，里面摆有当天的报纸。报纸已经被随意打开，扔到一边，肯普医生捡起报纸，开始翻阅，看到《艾坪怪事》的报道，在斯托伊港口，一个水手曾费力地把这个报道读给马维尔先生听。肯普医生将报道迅速浏览了一下。

"全身包裹，"肯普说道，"乔装改扮，藏在里面！'好像没有谁留意到他的不幸遭遇。'这个家伙叫什么名字呢？"

他扔下报纸，眼睛四处搜寻，"啊！"他说道，他看到了《詹姆士报》，还跟刚送来时一样折叠着，"现在可以找到真相了。"肯普说着，打开报纸，里面有两栏让他感到困惑，其中一个标题写道——《苏塞克斯全村疯狂》。

"天哪！"肯普叫着，急切地往下看。报道讲的是头天下午发生在艾坪的令人难以置信的事情。上文中已经详细讲述过。在另一页，重复了晨报的这部分内容。

肯普把报道重读了一遍："他在街上左冲右突，横行无忌。杰弗斯被打得人事不省，哈克斯特疼痛依旧，现在都无法描述他当时看到的情形，牧师受辱，妇孺皆惊，窗户破碎。这样离奇的故事也许是编造的，但太精彩了，不印发就太可惜了，读者在看的时候别太当真。"

他扔下报纸，茫然地望着前方；"也许是编造的。"

他又拿起报纸，把整个报道又读了一遍："可是这跟这个流浪汉又有什么关系呢？他为何要去追这个流浪汉呢？"

他突然跌坐在手术床上，说道："他不仅是隐身人，还是个疯子、杀人狂。"

黎明的微光射进房里，与灯光和雪茄的烟雾交织在一起，肯普还在房间里踱来踱去，想要弄懂那难以置信的事情。

他兴奋得无法入睡。仆人们睡眼惺忪地下楼看到他的时候，还以为他用功过度病了。他吩咐仆人准备两份早餐送到楼上书房，然后就待在一楼和地下室，不准上楼。他的命令很奇怪，但意思表达非常清楚。说完，他又在饭厅里走来走去，直到早报送达。报纸满篇废话，没有什么实质内容，除了证实头天晚上发生的事情外，还有一个写得很糟糕的消息，是关于巴多克港口发生的一件怪事。肯普由此了解到快乐的板球手旅馆发生事情的大致经过。"他让我在他身边待了二十四个小时。"马维尔证实说。《艾坪怪事》又增加了一些细节，比较引人注目的是村里的电报线给割了。但这还是无法让人明白隐身人和流浪汉之间的关系，因为马维尔没有提到那三本书，也没有说身上那些钱的来历。报道中已经不再有那种不信任的语气，成群的记者和调查员开始着手调查整个事件。

肯普把每篇报道都仔细看了一遍，又吩咐女仆出去把街上能买到的所有晨报都买来，他又一口气把这些报纸都看了。

"他是隐身的！"他说道，"从报道来看，他已经从愤怒变得疯狂！他什么事情都干得出来！他就在楼上，像空气一样自由。我该怎么办呢？"

"比如，要是我这样做算不算不讲诚信呢？不。"

他走到墙角一个凌乱的桌子旁边，开始写信。写了一半，他把信撕了重写。写完又读了一遍，斟酌一番之后才拿出信封，写上，"巴多克港口，阿德上校收"。

就在肯普写信的时候，隐身人醒了过来，心情很坏。肯普对声音非常敏感，听到楼上传来脚步声，接着就听到椅子被掀翻了，盥洗台的盆也摔坏了。肯普冲上楼，拼命地敲门。

第十九章　某些基本原理

"怎么啦？"隐身人打开门后，肯普问道。

"没什么。"对方答道。

"但是，该死的！你怎么把东西摔碎了？"

"只是一时生气，"隐身人说道，"我忘记这条胳膊了，一碰到就痛。"

"你很容易生气。"

"的确如此。"

肯普穿过房间，捡起地上的玻璃碎片。"外面全是关于你的消息，"肯普站起身来，手里拿着碎片说道，"在艾坪，在山下发生的一切。全世界都知道有个隐身人，但没人知道你在这里。"

隐身人骂了一句。

"秘密已经公开了。我原以为这是一个秘密。不知你有何打算？不管怎么样，我都很想帮助你。"

隐身人在床上坐了下来。

"楼上有早饭，"肯普尽量轻松地说道，看到神秘客人难得地乐意地起身，肯普很高兴。他带着隐身人沿着狭窄的楼梯来到楼上的书房。

"在我们开始做别的事情之前，"肯普说道，"我必须弄清你的隐身是怎么回事。"他坐下来，紧张地望了一眼窗外，摆出一副准备长谈的样子。看着隐身人坐在餐桌旁，一个无头无手的睡袍，神奇地用餐巾擦着看不见的嘴唇，肯普突然有些怀疑自己是否看清了整个事件，但他马上打消了这个念头。

"再简单不过了，但真实可信。"隐身人说着，将餐巾放在一边，把看不见的头靠在看不见的手上。

"当然，对于你来说，是确信无疑，可是……"肯普笑着说道。

"是的。毫无疑问，刚开始感觉很美妙，但现在……我的上帝！……但我们可以一起做许多大事。我最初是在切斯尔斯托伊找到这个东西的。"

"切斯尔斯托伊？"

"我离开伦敦之后就去了那里。你知道我放弃医学，改学物理。不知道？哦，我的确改学物理了。光学让我入迷。"

"哦！"

"光强度！整个问题如同谜编织的巨网，问题的答案如同微弱的光线，艰难地从缝隙中穿过。我当时二十二岁，浑身充满了激情，我对自己说，'我要把我的一生都奉献给这项事业，它值得我这样做'。二十二岁的我们都是傻瓜。"

"当时不是傻瓜，现在就是傻瓜。"肯普说道。

"好像掌握知识就满足了。"

"我像奴隶一样拼命地工作，但是我并没有研究隐身术，也没有想过这个问题。六个月后，突然一道光亮穿过谜网照在我的身上，让人眼花缭乱。我发现了色素和折射的普遍原理——其实就是一个公式，一个涉及四维空间的几何公式。傻瓜、普通人，甚至普通的数学家都不知道一个普通的表达式对于一个研究分子物理学的人意味着什么。那个流浪汉藏了我三本书，里面充满了奇迹。但那不是具体的方法，而是一种想法。这种想法可以让人想到一个可行的办法，无须改变事物的特性，有时需要改变颜色，便可以降低物质的折射率，从实用目的来说，就是可以将固体或者液体变得像空气一样透明。"

"哎！"肯普说道，"太奇怪了！但我仍然不怎么……我觉得你这样可以损坏一颗宝石，但要让人隐身也太离谱了。"

"千真万确，"隐身人说道。"你想一想，物质的可见性取决于其对于光的作用。我就把你当作什么都不懂的样子，从基本原理讲起，这样说得更清楚些。物体要么吸收光线，要么反射或者折射，要么两者都是。如果物体既不反射或者折射，也不吸收光线，那它就看不见了。比如，你能看见一个红色不透明的盒子，那是因为它吸收了部分颜色，而将剩下的红色反射到你的眼睛里。如果它不吸收任何颜色，而将其全部反射过来，那你看到的就是一个白色发亮的盒子，像白银一样。钻石做成的盒子表面通常都不会吸收或者反射太多的光线，只有在某些地方才会反射或者折射部分光线，这样你就看到光彩夺目的发光体，它其实是光的轮廓。玻璃盒子就没有这样闪亮，也没有这样清楚，就是因为它的表面没有钻石那么多反射和折射。明白了吗？从某种角度来说，你可以清楚地看穿一个东西。有些玻璃比其他玻璃更容易看见。比如，燧石玻璃做的箱子就比普通窗户玻璃更亮。普通的薄玻璃盒子在光线不好的情况下就很难看到，因为它几乎不吸收光线，也不怎么反射或者折射光线。如果你将　片普通的白玻璃放入水中，或者放入比水密度大的液体中，它就几乎完全消失了，因为光从水中传到玻璃上的反射率和折射率很低，几乎没有什么影响，就像空气中的氧气和氢气一样，完全消失了。原理完全相同。"

"是的，"肯普说道，"说得非常浅显易懂。"

"你还要知道另一个事实。如果一片玻璃碎了，或者被打成了粉末，在空气中更容易被看见。最后它会变成不透明的白色粉末，这是因为粉末会增加折射和反射的表面。玻璃片只有两个表面，而每一粒粉末都会反射光线，很少有光能直接穿过粉末。如果将白色的玻璃粉末放入水中，它就会立即消失。玻璃粉末和水的折射率几乎相同。也就是说，光从一个物体穿过照到另一个物体的时候，很少有折射或反射。

"将玻璃放进和它折射率相近的液体里，玻璃就会隐形。透明物体放入折射率与之相近的任何媒介中都会隐形。你再想一想，如果将玻璃粉末的折射率变成和空气的一样，那玻璃粉末就会隐形，因为光从玻璃穿过，射到空气上的时候就没有折射或反射。"

"是的，"肯普说道，"但是人又不是玻璃粉末！"

"不，"隐身人说道，"人比玻璃粉末还要透明！"

"胡说！"

"医生居然说出这样的话！你太健忘了！难道才过十年你就把你学的物理学给忘了吗？想一想，有很多东西，本身是透明的，但看起来却不透明。比如，纸张就是用透明的纤维做成的，但看起来是白色不透明的，原理和玻璃粉末一样。在纸上涂上油，把微粒间的缝隙填满，这样纸张除了表面之外，就没有折射或反射，变得和玻璃一样透明。不仅仅是纸，棉纤维、麻纤维、羊毛纤维、木纤维、骨头、肉、头发、指甲、神经，以及人身上的所有结构，除了血液的红色和头发的黑色以外，都是无色透明的。它们颗粒太小了，所以我们就能看见。生物体的大部分纤维跟水一样透明。"

"我的天哪！"肯普说道，"当然，当然，我昨晚还在想海里的幼虫和海蜇呢。"

"你终于明白我的意思了！六年前，也就是我离开伦敦一年之后，我就知道了这一点，但我没告诉任何人。我不得不在极为不利的情况下研究。我的教授奥利弗是个学术剽窃者，他总是窃取别人的想法。你知道学术界满是骗子，我不发表任何东西，不让他分享我的成果。我继续工作，使公式越来越接近实验，接近现实。我守口如瓶，因为我想把成果一公布出来就造成轰动的影响，一举成名。我开始研究色素问题，以弥补某些空白。突然，我在生理学上有了一个意外的新发现。"

"是吗？"

"你知道血液中有红色的物质，它可以变白，变成无色，但所有的功能可以保持不变。"

肯普惊呼一声，脸上露出不相信的表情。

隐身人站起身来，在小书房里来回走动："难怪你会感到惊奇。我现在还记得那天晚上的情形，白天的时候我要应付那群哈欠连天的笨学生。当时已经很晚了，我一直工作到黎明。这个想法突然出现在我的脑海里，简直是完美无瑕。当时我一个人在实验室里，里面一片寂静，只有煤气灯在静静地燃烧，发出明亮的光线。'我可以把一个动物，一块组织，变成透明的。'我说道，突然意识到这对于一个患有白化病的人来讲意味着什么。我停下手里的工作，来到窗前，望着遥远的星空，说道：'我可以隐身！'

"做这样的事情比拥有魔法还要神奇。我看到了隐身术给人带来的远大前景——神秘，权力，自由。没有任何的弊端。你想想，一个穷困潦倒的教员，在一个省立学校教一群傻瓜，突然变成——这样，那会是什么样的情形。我问你，肯普，假如你……我告诉你，谁都会全力以赴投入研究。我研究了三年，克服了一个又一个困难，处理无数的细节，历尽无穷的烦恼！那个教授总是在打听我的情况，末了总要问：'你什么时候发表你的成果？'还有那些学生，总是把人给套住。我这样挨了三年……

"经过三年的秘密研究，历尽折磨，我发现要完成这项工作是不可能的，不可能！"

"怎么不可能？"肯普问道。

"没有钱。"隐身人说着，又望着窗外。

他突然转过身来："我抢了我父亲的钱。但钱不是他的，他自杀了。"

第二十章　在波特兰大街的房子里

　　肯普坐在那里沉默了一会儿，望着站在窗前那个无头人的背影，突然，他心里念头一动，自己都被这个想法吓了一跳。他站起身来，抓住隐身人的胳膊，把他从窗边拉了过来。

　　"你累了，"他说道，"我坐着，你一直在走动。坐我的椅子吧。"

　　肯普站在隐身人和窗户中间。隐身人坐了下来，沉默了一会儿，又突然说道："那件事发生的时候，我已经离开切斯尔斯托伊。那是在去年十二月，我在伦敦租了一个没有家具的大房子，里面很乱，位于波特兰大街附近的一个贫民窟。屋里很快就装满了我用这笔钱买的各种器具。工作进展很顺利，离目标越来越近。我回去埋葬了父亲，感觉自己像从灌木丛中钻出来，去演一个毫无意义的悲剧，我的心思完全在这个研究上，

不愿意费举手之力来挽回他的名誉。我还记得他的葬礼，一口
薄棺，仪式简短，山上刮着刺骨的寒风，念悼文的是他在神学
院的一个老朋友，他衣衫褴褛，皮肤黝黑，弯腰驼背，因为得
了感冒，不停地流着鼻涕。

"我还记得走回那所空房子的情形，我得经过一个地方，
那里曾经是一个村庄，现在变成了一个城镇，由于修建的时候
偷工减料，东拼西凑，样子非常丑陋。每一条路往外延伸，都
能看到污秽的田野，路的尽头乱石成堆，杂草丛生。我走在湿
滑的便道上，有一种奇怪的感觉，好像已经脱离了凡世的困扰
和龌龊的商品交易。

"我对父亲没有一点愧疚，在我眼里，他不过是他自己愚
蠢情感的牺牲品而已。世俗礼仪要求我参加他的葬礼，但这跟
我实在没有关系。

"但是当我走在大街上的时候，往事又浮现在眼前，因为
我碰见了那个认识十年的姑娘，我们四目相对。

"一种东西驱动着我回头和她交谈，而今她已经变成一个
普通女子。

"故地重游，一切都如同梦境一般。从世俗的世界来到
这个孤寂的大房子，我不觉得孤独。我知道我已经不再有同情
心，我觉得那是无知的表现。回到我的房间，我才感觉像回到
了现实世界。这里有我熟悉和热爱的东西。这里摆满了仪器，

安排好的实验正等着我。现在除了一些细节还需安排之外，几乎没有任何困难了。

"肯普，我迟早会告诉你所有的复杂步骤，但现在还不是时候。除了一部分我特别记住以外，其他大部分我都用密码记在书上，但是书被那个流浪汉藏起来了。我们必须找到他，把那几本书拿回来。实验中最重要的部分是将需要降低折射率的透明物体放在两个以太振动的辐射中心的中间。反正不是伦琴射线，稍后我会跟你详细解释。我不知道还说过什么振动，但都是显而易见的。我用一个便宜的煤气发动机来带动两个发电机。刚开始我用白色的羊毛纤维来做实验，最神奇的事情莫过于看着洁白柔软的羊毛一瞬间便像烟雾一样消失了。

"我几乎不敢相信已经成功了，我把手伸向空处，摸到了那块羊毛，感觉跟平常摸到的一样。我笨拙地摸了摸，把它扔到地上，结果还费了一点劲才把它找到。

"接下来的实验很神奇。我听到背后喵喵的叫声，回头看到窗外的水箱顶上有只白色的小猫，全身脏兮兮的。我的脑子闪过一个念头，'现在万事俱备。'我说着，来到窗前，打开窗户，轻轻地叫了一下。猫走了过来，肚子咕噜咕噜叫，这个可怜的畜生快要饿死了。我给了它一点牛奶。我所有的食物都放在墙角的柜子里。吃完之后，小猫在屋里四处闻了闻，很明显，它想在这里安家了。那块隐形的毛料让它觉得恼火，你真应该看看它对着毛料呜呜乱叫的样子。我让它舒服地睡在我那张有脚轮的矮床上的枕头上，还给它吃了点黄油，以便把它里面洗干净。"

"你拿它做了实验？"

"是的。但是给猫吃药可不是闹着玩的，肯普。实验失败了。"

"失败了？"

"两个细节没处理好。爪子和色素，在猫眼睛后面那个东西，那叫什么，你知道吗？"

"视网膜。"

"对，就是视网膜。它不隐形。我给它吃了使血液褪色的药，在它身上做了其他工作，又给它喂了鸦片，然后将猫连同枕头放到仪器上。它身上一切都消失了，只剩下两只鬼魅般的眼睛。"

"太奇怪了！"

"我无法解释。当然，我把它绑了起来，不怕它咬到我。但是当它还迷迷糊糊的时候就醒了过来，很凄惨地喵喵直叫，有人听到叫声来敲门了。来人是楼下的一个老太太，一个喝得醉醺醺的老东西，她怀疑我把她的猫拿去做活体解剖了，那可是她在这个世界上唯一关心的东西。我连忙倒出一点氯仿擦在猫的身上，然后去开门。'我好像听到猫叫，'她问道，'我的猫在这里吗？'‘不在这里。’我很有礼貌地答道。她不相信，一双眼睛在房间四处打量，看到几面光秃秃的墙壁，窗户没有挂窗帘，带滑轮的矮脚床，振动的煤气发电机，闪动的辐射点，空气中隐约可闻的氯仿的刺鼻味道。她觉得有些奇怪，但又不得不相信，只好作罢，下楼去了。"

"你用了多长时间？"肯普问道。

"三四个小时，猫的骨头、肌肉、脂肪和有色毛的末端是最后消失的。还有，我说过，眼睛的后面部分，虹膜相当顽固，怎么也不消失。

"弄完这些之后外面已经天黑了，除了眼睛和爪子隐约可见之外，其他部分全部消失了。我关掉发电机，摸了摸那个畜生，它还没有恢复知觉。我感觉累了，就让它睡在隐形的枕头上，自己也上了床，但怎么也睡不着。我躺在床上，一会儿漫无目的地乱想，一会儿又琢磨那个实验，一会儿又梦见周围的一切都变得模糊，渐渐消失，直到我脚下的大地也消失了，我进入了一种病态的梦魇之中。大约两点的时候，猫又在房间里叫了起来。我对它说话，想让它安静下来，后来，我决定把它弄出去。我还清楚地记得，擦燃火柴的时候我被吓了一跳。我只看见一双发着绿光的圆眼睛，周围什么也没有。我想给它一点牛奶，可是没有了。它不肯安静下来，蹲在那里对着门喵喵地叫。我想抓住它，把它放到窗外，但就是抓不到。最后，我打开窗户，大声地追赶。我想最终它跑出去了，从此再也没有见过它。

"接着，不知怎么的，我又想起了父亲的葬礼，想起了凄风冷雨中的那个山坡。天亮了，我还是睡不着，于是便锁上门，走上清晨的街道。"

"你该不是说有只隐形的猫在外面吧！"肯普说道。

"如果它还没有被杀掉，"隐身人说道，"怎么不可以？"

"怎么不可以？"肯普说道，"我无意打断你的话。"

"也许它已经被杀掉了，"隐身人说道，"但我知道四天后它还活着，当时我看到提奇菲尔德大街的栅栏外围了一群人，想弄明白喵喵的叫声是从哪里来的。"

他沉默了足足一分钟，又突然开始讲述。

"我现在还清晰地记得变故之前的那个上午。我肯定去了波特兰大街，还记得看到阿尔巴尼大街的营房，看到骑兵从里面出来，看到樱草山的顶峰。那是一月的某一天，阳光明媚，这年下雪之前晴朗的日子总是有霜冻。尽管身心疲惫，我还是尽力想弄清现在的处境，拟订一个行动计划。

"我吃惊地发现，尽管成功近在咫尺，但如何实现目标却是一个问题。四年以来，在巨大的压力下，没日没夜地工作，我已经精疲力竭，无法感知任何东西。我变得冷漠，曾想恢复刚开始做研究时的那种热情，恢复为了科学发现连父亲名誉受辱都不顾的那种激情，但一切都是徒劳。我很清楚这种情绪主要是由于工作过度，缺乏睡眠引起的，不会持续太久，只要吃药或者休息一下就会恢复精力。

"有一点我很清楚，就是要把研究坚持到底，这个想法一直左右着我。我的钱很快就要用完了。我站在山坡上，看着男孩子在嬉戏，女孩子在一旁观看，心里想要是这个世界有隐身人，那他该有多大的优势。后来，我慢慢地回到家中，吃了点东西，喝了大量的士的宁，床也没铺好，就和衣而睡。你知道，士的宁是一种很好的补药，可以消除疲乏。"

"那可不是什么好东西，"肯普说道，"它是旧石器时代的药物。"

"我醒了过来，觉得精力旺盛，但脾气暴躁。你知道吗？"

"我当然知道那个东西。"

"这时门外响起了敲门声，房东在外面问话，嘴里还威胁着。房东是个波兰来的犹太老头，经常穿着一件灰色的长外套和一双油腻的拖鞋。他确信我在夜里折磨过一只猫，看来那个女人的舌头没有闲过。他坚持要知道全部情况，这个地方严禁活体解剖，他可能因此而受到牵连。我矢口否认拿猫来做过解剖。他又说整个房子都感觉到发动机的振动。这倒是真的。房东绕开我，走进房间，透过他的德国造银边眼镜四处打量。我突然心里一沉，害怕他会发现我的秘密。我想用身体挡住我的浓缩装置，反倒让他更加好奇，就问我在干什么？为什么我总是一个人偷偷摸摸的？我做的事情合法吗，是不是很危险？我除了按时付房租外，什么都没给。在这个地区名声不好，但他家可是受人尊敬的。我突然大发脾气，叫他滚出去。他开始抗议，喋喋不休地说他有权进去。我一把抓住他的衣领，什么东西撕破了，他转了两圈，退到了过道上。我砰地把门关上，又上了锁，然后坐了下来，浑身发抖。

"他在外面嚷嚷了一阵，见我没有理会，便离开了。

"但这使情况变得非常危急，我不知道他会干什么，甚至不知道他有权做什么。到别处租房子又耽误时间，而且我只剩下二十英镑了，还存在银行里，我根本租不起。到时有人会来调查，搜我的房间。消失吧！这个想法让人无法抗拒。

"想到自己的研究工作在最关键的时刻可能会暴露或者被打断，就异常愤怒。我匆匆忙忙跑到附近的邮局，把三本做了笔记的书和支票本寄到了波特兰大街的邮件领取处。我出门的时候尽量不弄出声响，回来时看见房东蹑手蹑脚往楼上走，他肯定是听到我出门时关门的声音了。我从背后一下子冲了上去，他吓得跳到楼梯口，你要是看到他的样子准会笑出来。他满脸怒火，看着我从他身边走过，砰地把门撞上，房子都跟着发抖。我听到他上楼，来到我的门口，迟疑一会儿，又往楼下走去。我开始准备工作。

"晚上，一切准备就绪。我吃了使血液褪色的药，药效还没有过，坐在房间里，昏昏欲睡。这时，听到门外有人不停地敲门。不一会儿敲门声停了下来，我听到脚步声渐渐远去之后又回来了，接着又响起了敲门声。有人想把什么东西从门缝里塞进来——是一张蓝色的单子。我愤怒地站起来，把门完全打开，'又有什么事？'我问道。

"来人是我的房东，手里拿着退房通知什么的，他递给我，我想他可能看到我手有些异样，又抬头看着我的脸。

"他目瞪口呆地站在那里，过了一会儿，他含混地叫了一声，扔下蜡烛和单子，跌跌撞撞地跑下漆黑的楼梯。我关门上锁，来到镜子前面，这时我才明白他为什么觉得恐惧……原来我的脸色苍白，像白色的石头。

"那脸色看起来的确恐怖。我没想到会受到这样的折磨，那一夜，我觉得痛苦、恶心、晕眩，皮肤和身体像火在灼烧一样，但我还是咬紧牙关挺着。我明白为什么猫要不停地哀号，只有用氯仿之后才停下来。幸好我是一个人住，无人照料。我不时抽泣，呻吟，自言自语。但我还是坚持着……我失去了知觉，醒来的时候感觉全身乏力，周围一片黑暗。

"疼痛消失了。我觉得自己像在自杀，但我不在乎。我永

远也忘不了黎明时的恐怖景象，我的手变得像毛玻璃，越来越
透明，就算是我闭上眼睛，也可以透过双手看到凌乱的房间。
我的肢体变得像玻璃一般，骨骼和动脉逐渐变淡、消失，最后
白色的神经也不见了。我咬牙坚持着，最后只剩下苍白的指甲
尖和酸液留在手指上的褐色斑点。"

"我挣扎着起床，刚开始像初生的婴儿般无力，走动的
时候看不到自己的脚。我感觉很虚弱，肚子又饿。我来到镜子
前，什么都看不到，只有视网膜后面还有一点淡淡的色素，比
雾还薄，我要趴到桌上，前额抵着镜子才能看到。

"我凭着疯狂的意志，回到仪器跟前，完成了余下的步骤。

"我用床单遮住眼睛，睡了一个上午。中午的时候，敲
门声把我惊醒了，此时，我的体力已经恢复。我坐起身来听到
外面有人窃窃私语。我跳起来，悄声无息地把仪器拆下，分放
在房间不同的地方，这样别人就不知道仪器是怎么安装的。很
快，又响起了敲门声，有人在喊叫，先是房东，接着另外两个
人也叫了起来。为了争取时间，我应了一声。我打开窗户，把
隐形的毛料和枕头放在水箱上面。刚打开窗户，门砰地响了一
声，有人撞在门上，想把门撞开。但几天前，我安了一个结实
的插销，门没有被撞开。但这已让我吃惊不小，我气得发抖，
加快了手上的速度。

"我把碎纸片、稻草、包装纸之类的东西堆在屋子中间，

打开煤气。这时重重的敲门声像雨点似的落在门上。我找不到火柴，气得用手捶墙。我关掉煤气，爬到窗外的水箱上面，轻轻地放下窗格，坐了下来，看他们要做什么。我虽然隐身了，很安全，可还是怒不可遏，浑身发抖。我看见他们把一块板条打烂，接着，又把插销的U形铁撞落，站在门口。来人是房东和他的两个养子。两个养子二十三四岁的样子，身体都很强壮。后面还跟着楼下那个爱啰唆的老太婆。

"你可以想象得到他们看到房间空无一人的时候有多么吃惊。其中一个年轻人立刻冲到窗口，打开窗户往外看。他的脸离我不到一英尺，我看着他瞪着的眼睛，厚厚的嘴唇，一脸的胡子，很想一拳打在那张愚蠢的脸上，但我还是忍住了。他的目光从我的身体穿过，其他人也来看，一样什么都看不见。老头又去看了看床底下，接着所有的人冲向柜子。最后他们用犹太语和伦敦土话争论起来，得出的结论是我没有回答他们，肯定是他们听错了。老太婆像她的猫一样用怀疑的目光四处搜寻，想要解开这个谜团。我坐在窗外，看着他们争论不休，我不再感到愤怒，反而觉得非常得意。

"从他们南腔北调的对话中，我听出老头和老太婆看法一致，认为我是一个活体解剖者，而两个养子用蹩脚的英语抗议说从发动机和辐射器来看，我是一个电学家。他们都怕我回来，后来我发现他们早就把前门闩好了。老太婆看了看柜子，又看了看床底，一个年轻人把调风器打开，看了看烟囱。我对门的房客是个卖鱼的小贩，他和一个屠夫合租一间屋子。他出现在楼梯口，便被叫了进去，他们断断续续给他讲了一些事情。

"我突然想起辐射器，万一落入某个受过教育的聪明人手中，我的秘密就可能暴露。我抓住机会进入房间，把一个发电机从底座上推翻，又将两台仪器都打碎，他们吓得要死……在他们纳闷仪器怎么会摔碎的时候，我溜出房间，轻轻地往楼下走去。

"我来到一间起居室，等到他们下楼，他们还在猜测、争论。所有的人都有点失望，因为没有发现什么恐怖的东西，还有一点迷惑，因为不知道怎么样用合法的手段对付我。我拿着火柴溜上了楼，点燃废纸堆，把椅子、床单扔进火堆，然后用橡皮管子把煤气接到火堆上，挥挥手，永远地离开了那个房子。"

"你把房子烧了？"肯普叫道。

"是的。那是唯一消灭痕迹的办法，毫无疑问，这非常保险。我悄悄地拉开门闩，来到街上。我隐身了，我开始意识到隐身给我带来的巨大好处。我的脑子里充满了各种奇妙的计划，现在我可以放心去做而不用担心受到惩罚了。"

第二十一章　在牛津街

"刚下楼的时候，我遇到了前所未有的麻烦，我看不见自己的脚，我绊倒了两次，开门的时候也很不习惯，显得很笨拙。但只要不往地下看，我走平路还是很稳的。

"我很得意，感觉像一个视力正常的人，脚上安了软垫，衣服没有摩擦，悄声无息地走在一个全是盲人的城市里。我有很强烈的冲动，想要去捉弄路人，吓吓他们，拍拍他们的肩膀，把他们的帽子扔到一边，利用自己隐身的优势寻欢作乐。

"但是我刚到波特兰大街（我租房的地方在一家很大的布店旁边），就听到碰撞声，我的后背被狠狠地撞了一下，回过头，我看见一个人提着一筐苏打水瓶子，正愣愣地看着筐子。这下子撞得不轻，但看着那人吃惊的样子，我禁不住大笑起来，'筐子里面有鬼。'我说道，突然把他手里的筐子抢了过来，他不由自主地松开了手，我把整个筐子扔到了空中。

"但是酒馆外有个愚蠢的马车夫看到了，一下子冲了过来，想要接住筐子，他伸出的手指猛地戳在我的耳朵下面，我把整筐东西都砸在他的身上，顿时，叫喊声、脚步声纷纷响起，人们从店铺里冲了出来，马路上车也停了。我知道自己闯了祸，连骂自己愚蠢，赶紧退到一个商店的橱窗前，准备溜出混乱的人群。我差点被挤入人群，这样准会被发现。我把一个屠夫的伙计推到一边，我躲到马车夫的马车后面，幸好他没有回头，不知道是我推了他。我不知道他们是怎么收场的。我沿着马路奔跑，还好，路上没有什么人。因为害怕被发现，我慌不择路，一下钻进了牛津街上的人群里。

"我跟着人流走，但是人太多了，脚后跟老被人踩。我又沿着路边的排水沟走，但地面太粗糙了，硌得我的脚生疼。这时，一辆双座马车慢慢开了过来，撞在我的肩胛骨上，我才意识到刚才那一下我真的被撞伤了。我跌跌撞撞地躲开马车，又像抽筋似的躲过一辆婴儿车，这时我发现自己站在了马车后面。我灵机一动，跟在马车后面慢慢向前走。我没想到情况会变成这样，我浑身发抖，直打哆嗦。这是一月一个有阳光的日子，我一丝不挂，路上的泥浆冷得刺骨。我没有料到，不管我是否隐身，都会受到天气的影响，现在想起来自己当时真傻。

"我突然有了一个好主意，我跑到前面，钻进了马车里。

就这样，我沿着牛津街慢慢前行，经过托腾汉姆法院大道。我胆战心惊，瑟瑟发抖，不停地吸着鼻子，背部越来越觉得疼痛，此时的心情和十分钟前突围之时迥然不同。我是隐身了，但我心里想的是如何脱离困境。

"车缓慢行驶到姆迪图书馆，一个身材高挑的女子，手里拿着五六本贴有黄色标签的书，招呼我坐的马车，我在她上车之前跳下车，一辆运货火车紧贴着我开了过去。我跑上通往布隆斯波利广场的大道，想往北穿过博物馆，进入一个比较安静的街区。我感觉寒冷难当，这种怪模样让我觉得很气馁，跑着跑着就呜呜地哭了起来。在广场北边的一个拐角处，一只小白狗从医药学会办公室跑出来，不由自主地跟在我后面，鼻子在地上使劲地嗅。

"我以前还不知道这一点，狗鼻子就像人的眼睛一样，狗能嗅出人的味道，就像人能看到有人走过一样。这个畜生又叫又跳，仿佛在向我表明它留意到我了。我穿过罗素大街，边走边回头看看，我沿着蒙塔格大街跑了一阵，还不知道自己要往哪里走。

"这时我听到一阵音乐声，看到一群人从罗素广场走了出来，他们身着红衣，走在前面的打着救世军的旗子。这群人有的在路上唱歌，有的在人行道上嘲笑。要想从他们中间穿过显然不太可能。我害怕往回走，就走得更远了，于是当机立断，跑上博物馆栏杆对面一座房子的白色台阶上，站在那里一直等到人群通过。还好，那条狗听到乐队的鼓声也停了下来，迟疑了一会儿，摇着尾巴跑回布隆斯波利广场去了。

　　"乐队演奏之后，人们大声地唱起了赞美诗，'我们何时能见他的面'，真是莫大的讽刺。川流不息的人群从人行道上走过，我的等待似乎绵绵无期。震天的锣鼓不绝于耳，有一阵我都没有注意到在我身边的栏杆附近有两个小孩。'看那里。'一个说道。'看什么？'另一个问道。'哎，那些脚印，光脚脚印，就像在泥浆里踩过一样。'

　　"我低下头，看到两个小鬼停了下来，吃惊地看着我留在刚刷白的台阶上的泥脚印。熙熙攘攘的人群推挤着他们，但他们的注意力完全被吸引了。'咚，咚，咚，我们，咚，咚，咚，何时，能见他的面，咚，咚，'一个说道，'肯定有人光脚走上台阶，他还没有下来，而且他的脚还在流血。'

　　"大部分人群已经走过，'泰德，看这里。'一个小侦探用手指着我脚的位置，吃惊地尖声说道。我往下看，立刻看到了飞溅的泥浆中的清晰脚印。一时间，我惊呆了。

　　"'啊，有点古怪，'大一点的那个小孩说道，'太奇怪了！有点像鬼的脚印，不是吗？'他迟疑了一会儿，伸出双手开始往前走。一个男的停了下来看他想要抓什么，接着，一个女孩也停了下来。他差一点就抓住我了，这时我知道该怎么做了，向旁边迈了一步，那个男孩惊呼一声，往后退了一步。接着我迅速地闪进旁边一所房子的门廊里。但是较小的那个男孩儿眼睛很尖，我刚跨下台阶走上人行道，他就发现我的脚印在移动，大声叫道：'脚印翻墙过去了。'他们冲了过来，看到我的脚印出现在下面的台阶上，接着有人上了人行道。'怎么回事？'有人在问，'脚印！快看！有脚印在跑！'

"除了追我的三个人以外，路上所有的人都跟在救世军的后面，这不仅挡住了我，也挡住了追我的人。人群里不时响起惊讶和询问的声音。我把一个年轻人打倒在地，乘机跑出人群。我绕着罗素广场跑圈，后面有六七个人惊讶地跟着我的脚印跑。幸好他们没有时间解释，否则整个广场上的人都会来追我。

"我沿广场跑了两圈，三次穿过马路，然后又跑了回来，慢慢地，我的脚开始发热变干，湿脚印也开始消失。我终于有了喘息的机会，用手把脚擦干净便永远离开了。我最后看到追逐的人群是十几个人迷惑地看着渐渐变干的脚印，就像鲁宾孙·克鲁索看到野人脚印一样无法理解。

"这场奔跑让我的身子暖和了不少，胆子也大了起来。我专挑那些行人较少纵横交错的马路走。我的背部现在变得僵硬，疼痛难忍。我的扁桃体被那个马车夫戳得现在还疼，颈部也被他的指甲抓破了皮。我的脚上有一个小伤口，疼得厉害，走起路来一瘸一拐的。路上看到一个盲人，我赶紧跳开，生怕他敏锐的感觉发现我。有一两次，不小心和路人相撞，忍不住骂了几句，弄得被撞的人愣愣地站在那里。突然，什么东西静静地落在我的脸上，我看到雪花缓缓地飘落，整个广场上铺了薄薄的一层雪。我得了感冒，尽管我尽量忍住，但还是不时打个喷嚏。街上出现的每一条狗，伸着鼻子这里嗅嗅，那里闻闻，让我感到恐惧。

"突然，街上的人跑了起来，先是一个在跑，接着其他人都跟着跑了起来，边跑边叫：'着火了！'他们朝我租房的方向跑去，我回过头，看见一股浓烟从屋顶冒起，电话线也被黑烟笼罩。除了支票本和三本备忘录还在波特兰大街的邮局外，我的衣服、仪器、所有的资源都在那个房子里面。一切都在燃烧，整栋楼都起火了。我已经别无退路。"

隐身人停了下来，陷入沉思。肯普紧张地望着窗外。"是吗？"他说道，"请继续讲下去。"

第二十二章　在百货商店

　　"一月的雪花纷纷落下，要是在我身上堆积起来，那我就暴露了。我精疲力竭，浑身发冷，伤口又痛，感觉无比的可怜。我自己都还不太相信我可以隐身了，我将不得不开始一种新的生活。我无处可去，仪器没有了，在这个世上也没有任何可以信赖的人。我要是把秘密说出去，无异于暴露自己，肯定要被当作稀有动物来展览。不过，我的确有点想和路人说话，希望能得到他的同情。但我知道我这样贸然行动肯定会造成恐惧，最后的结果将会非常残酷。我走在街上，没有任何计划。我现在只想找个能遮蔽风雪的地方，穿件暖和的衣服，接下来才谈得上以后的打算。然而，伦敦街上的一排排房子都是大门紧闭，就算我是隐身人也无可奈何。

　　"我只有一条路——裸露在暴风雪中凄凉地熬过这一夜。

"后来，我有了一个绝妙的想法。我拐了个弯，上了由高尔街通往托腾汉姆法院大道的那条路，来到昂宁百货商店，这里什么都有得卖，肉类、杂货、布匹、家具，甚至还有油画。与其说是一家商店，不如说是一个商店群。我原以为门是开着的，谁知都关上了。我看到在宽敞的入口处，一辆马车停在外面，一个身着制服、帽子上印着昂宁标记的人打开了大门。我趁机溜了进去。往里走是一个卖丝带、手套、袜子之类的部门。再往前走，来到一个更宽敞的地方，这里卖的是野餐用的篮子和藤编家具。

"但是我觉得这里人来人往，不太安全。我心烦意乱地四处搜寻，终于来到楼上一个很大的区域，那里有很多床架子，我爬了上去，在一大堆叠好的棉被中找到一个休息的地方。这里生有火，温暖舒适，我决定就待在那里，眼睛警惕地盯着几个还在徘徊的店员和顾客。我想，等到打烊，我就可以去找些吃的穿的，还有伪装用的东西。再看看有没有钱财，也许还可以在被褥里睡上一觉。计划听起来很不错。我的计划是用衣服把自己严严实实地裹起来，但样子要让人觉得可以接受，弄点钱，把书和包裹取回来，找个地方住下来，好好制订计划，完全实现隐身术给我带来的好处。

"打烊的时间很快就到了。我在被褥上坐了不到一个小时，就看到窗帘拉了下来，顾客开始往门口走去。接着，来了一群手脚麻利的年轻人，他们以惊人的速度整理那些被翻乱的货物。看到人流减少，我离开我的藏身之地，小心地往人多的地方走。那些青年男女正在收拾白天摆出来卖的东西，速度之快，令人惊奇。所有装货物的箱子，悬挂的针织品，装饰的花边，一箱箱的糖果，各种各样的陈列品都被收拾停当，放入整洁的储物箱。取不下来，或者不好收藏的货物就用粗布遮盖起来。所有的椅子都被搬到柜台上，把地板腾空。每个年轻人做完手里的工作，马上轻快地走向门口，他们一个个充满朝气，这在其他地方的店员身上从未见过。接着，又来了一群年轻人，拿着水桶扫帚，不停地扫着锯末，我不得不躲到一边，因为我的脚腕被木屑扎痛了。我在收拾妥当、熄了灯的区域转悠的时候，还能听到扫把扫地的声音。终于，在打烊后一个小时，响起了关门的声音。寂静笼罩着整个商场，我游荡在这个规模巨大、错综复杂的店铺群，走廊和陈列室中间。太安静了，只有在托腾汉姆法院附近的一个入口处，我才听到外面有行人走路时靴子踏在地上的声音。

"我先来到之前看到过的卖袜子和手套的地方，那里一片漆黑，我费了好大的劲，才在一个现金抽屉里找到一盒火柴，又找到一根蜡烛。我翻了好多箱子、抽屉，撕了不少包装，终于找到了想要的东西：羊毛裤和羊毛背心，还有袜子和一条厚厚的围巾。接着，我又去服装部找到了裤子、一件便装上衣、一件外套和一顶宽边软帽——像牧师戴的那种帽子，帽檐可以翻下来。我现在才感觉自己像个人了。马上，我就想要吃的了。

"餐饮部在楼上，我在那里找到了一些冷肉。罐子里还有咖啡，我打开煤气，把咖啡加热，总的来说，我弄得不错。吃饱喝足之后，我又四处搜寻，想找毯子，但最后只好将就用被子替代。我无意间发现了食品部，那里有很多巧克力和蜜饯，但那对我没太多好处，另外还有白葡萄酒。旁边有一个玩具区域，我灵机一动，找来一些假鼻子，我还想弄一副深色眼镜，但昂宁没有配眼镜的。鼻子对我一直是个难题，我想过在鼻子上刷点颜料，但这个新发现让我改变主意，想用假发、面具之类的来伪装。想着想着，我在温暖的鸭绒被里舒服地睡着了。

"我睡前的那些想法是自隐身以来最愉快的事情。我身体感觉很舒适，心里也变得平静。我认为可以在早上的时候穿上衣服，用白围巾把脸蒙住，趁人不注意的时候溜出去，用偷来的钱去买副眼镜之类的东西，乔装改扮就大功告成了。我进入了梦乡，过去几天发生的事情颠三倒四地出现在梦中。我梦见矮小的犹太房东在他屋里大喊大叫，样子十分丑陋，梦见他的两个儿子一惊一乍的样子，梦见满脸皱纹的老太婆在问她的猫在哪里。在梦中，我又体验了看着毛料消失的那种奇特感觉。我还梦见在山坡上，老牧师流着鼻涕，对着父亲敞开的墓穴念念有词，'土归土，灰归灰，尘归尘'。

"'你也一起去吧。'有个声音说道，突然我被推向坟墓。我拼命挣扎，大声叫喊，向送葬的人求助，但他们木然地继续着葬礼，而那个老牧师依然抽吸着鼻涕，口中念个不停。我知道我隐身了，别人听不到我的叫喊，一股无法抗拒的力量牢牢地把我抓住。我挣扎，但没有用。我被推到墓穴边缘，掉到棺材上面，棺材发出很大的空响声。一铲铲沙石倾泻而下，砸在我的身上。谁也没有注意到我。我不停地抽搐，随后就醒了。

"伦敦的黎明到了，微弱的光线穿过窗帘边缘的缝隙照了进来，让人觉得凉意袭人。我坐起身来，望着宽敞的店堂、柜台、成堆的卷起来的货物、许许多多的被褥枕头、立起的柱子，一时间，竟弄不清身在何处。我刚回过神来，就听到有人在说话。

"在不远处，窗帘已经拉起，在明亮的光线中，我看到两个男人走了过来。我爬起来，想找条逃生之路。我弄出的声响引起了他们的注意，我想他们只看到一个人影在悄悄地快速移动。'谁？'其中一个叫道。'站住！'另一个大声喊道。我冲过一个拐角，和一个十五六岁的瘦削男孩迎面相撞。你想想，一个没有脸的人站在面前会是什么样的情形。他尖叫起来，我一把将他推开，跑了过去，在另一个拐角处，我灵机一动，在一个柜台后面躲了起来。不一会儿，就传来了追赶的脚步声，我听到有人叫喊：'所有的人都到门口守着！'还有人在问：'出什么事了？'有的在出点子，想办法抓我。

"我躺在地上，吓得六神无主。但奇怪的是，当时我没有想到像先前那样脱掉衣服逃生。我想我肯定是早就打定主意要穿着衣服脱身。这个想法左右着我，突然，在两排柜台之间，有人大声喊道：'他在这里！'

"我跳起来，猛地抓过一把椅子，砸向正在叫喊的那个傻瓜，然后转身就跑，在拐角处，又碰见一个傻瓜，我给他一拳，便往楼上跑去，那人被打得晕头转向，但还是站住了脚，叫了一声，紧跟在我后面追了上来。楼梯上堆有很多颜色鲜亮的坛坛罐罐，知道那是什么吗？"

"艺术彩陶。"肯普说道。

"对，就是艺术彩陶。我跑到楼梯最上面一步的时候转过身来，抓起一个陶罐，狠狠地砸在那个傻瓜头上。整堆陶罐都跟着往下滚落，我听见到处都是喊叫声和奔跑的脚步声。我拼命地跑到茶点部，那里有个身穿白色衣服的厨师，也追了过来，我转了个弯，来到灯具和五金部，我躲在柜台后面，等着那个厨师。他一马当先冲了过来，我用灯向他砸去，把他打得直不起身。我蹲在柜台后面，迅速地脱身上的衣服。外套、上衣、裤子、鞋子很快就脱了下来。但羊毛背心就像皮肤一样紧贴在身上。我听到有更多的人在往这边跑，厨师一声不响地躺在柜台的另一头，不知是被打晕了还是被吓傻了说不出话来。

我只好继续往前冲，就像一只被赶出木堆的兔子。

"'在这边，警官！'我听到有人在叫。我发现自己又来到了存放床架的地方，另一头放了很多的衣柜。我跑到衣柜中间，躺了下来，挣扎了好久，终于把背心脱了下来。别人又看不见我了，我呼呼地喘着气，心里害怕极了。警察和三个店员走了过来，看到背心、裤子，就冲上来，抓起裤子。'他把赃物扔了，'一个年轻人说道，'他肯定在附近。'

"但他们终究没有找到我。

"我看着他们找了一会儿，连骂自己运气不好，把衣服给弄丢了。我来到茶点部，喝了一点先前找到的牛奶，坐在壁炉旁边，思考现在的处境。

"不一会儿，来了两个店员，他们兴奋地谈论着刚才的事情，像两个傻瓜。他们很夸张地说我偷了多少东西，还在猜测我的下落。我又开始盘算该怎么办。这里已经警觉，要想把赃物带出去简直比登天还难。我来到楼下的仓库，想看看能否把东西包起来，写上地址邮寄出去，但我又不知道这里的检查制度。大约十一点的时候，雪落到地上就化了，天气比头天要好一些，也暖和了不少。我知道要想在昂宁偷东西已经无望，只好离开。这次失败让我觉得十分气恼，但又不知道下一步该怎么办。"

第二十三章　在德鲁里路

"你现在该明白隐身的坏处了吧，"隐身人说道，"我没有遮风避雨的地方，没有衣服，穿上衣服就意味着放弃自己的优势，把自己变成一个恐怖的怪物。我不敢吃东西，因为没消化的食物也会让我显出奇怪的样子。"

"我从未想过这个问题。"肯普说道。

"我也没有想过。这场雪让我意识到还有其他危险存在。我不能在下雪的时候出去，雪会在身上堆积起来，使我暴露，下雨也会让我显出水淋淋的轮廓，像个发亮的大水泡。有雾的时候，身体表面也会因为沾了露水而形成淡淡的水泡，隐约露出人形。而且，我出门的时候，在伦敦这样的环境中，脚腕很容易沾上尘土，皮肤也会沾上烟尘。我不知道需要多长时间我会因此而现形，但肯定不会太久。"

"那就别在伦敦。"

"我朝波特兰大街的贫民窟走去，来到街的尽头，看到我租房的地方，我没有过去，因为一群人聚集在街上，在他们的对面，就是我烧掉的那栋房子，废墟里还在冒烟。我最急迫的问题是找到衣服，但脸部怎么伪装一直困扰着我，这时，我看到一家杂货铺，里面摆放有报纸、糖果、玩具、文具、过时的圣诞节玩具等等，还有一些面具和假鼻子，这让我想起了在昂宁玩具部时想到的主意。这下问题解决了，我知道该怎么做了。我转过身，不再漫无目的，绕过繁忙的街道，往河岸以北的偏僻街道走去。我依稀记得在那个地区有几家卖舞台服装的商店。

"天气寒冷，刺骨的北风沿着街道吹了过来，为了不被人撞上，我加快了步伐。每次穿过马路都很危险，我得当心街上的每一个行人。在北福街，我正要超过一个人，他却突然转身，把我撞倒在地，一辆经过的马车差点从我身上碾过。马车夫还以为自己中风了。这次遭遇把我吓得不轻，我来到考文花园市场，找了个僻静角落，在一家卖紫罗兰的小店旁坐了下来。我气喘吁吁，浑身发抖，知道自己又感冒了，休息一会儿不得不往前走，不然打喷嚏准会引起别人的注意。

"终于我找到了目标，一家在德鲁里路附近的小店，肮脏邋遢，蚊蝇满地，橱窗里摆满了东西，有镶着金丝的长袍、假宝石、假发、拖鞋，还有剧照。这是一家老式铺面，又矮又黑，上面有四层楼，光线也不好。我从橱窗往里看，见没有人，便走了进去。开门的时候把一个铃铛弄得叮当作响，我让门开着，绕过一个空的衣帽架，躲到穿衣镜后面的角落里。我等了一两分钟，听到沉重的脚步声穿过房间，一个人从楼上走了下来。

"我的目的非常明确。我打算进入房子，偷偷地上楼，等到四下无人就瞅准机会，找出假发、面具、服装，穿戴好了之后就可以回归世界，样子也许看起来有点古怪，但肯定比什么都不穿好。我还准备顺便把这里的钱弄走。

"进来的那个人身材不高，背有点驼，长着浓眉，双臂很长，腿却很短，还是罗圈腿。很显然，我打断了他吃饭。他四处打量着店铺，眼里充满了期待，可是里面空无一人，他的期待变成了惊讶，随后又变得愤怒。'该死的臭小子！'他说着，又跑到街上左右张望。不一会儿，他又回来了，用脚一踢把门关上，嘴里咕哝着朝房门走去。

"我上前跟在他的后面，听到我走动的声音，他突然停了下来。我吃了一惊，也停了下来，他的耳朵太灵敏了。砰的一声，房门在我面前关上了。

"我站在那里，犹豫不决。突然，我听到他的脚步声又跑了回来，门再次打开了。他站在门口，望着店铺，似乎有些不满足。他一边嘟哝，一边检查柜台的后面，还看了看固定螺

栓。看完之后他站在那里，脸上充满了疑惑。我看到房门打
开，便趁机溜进了内室。

"这是一个奇怪的小房间，装饰很糟糕，墙角堆有很多
大的面具。桌上摆着他那被耽误的早餐，他走了进来，继续用
餐。我站在那里，闻着咖啡的香味，看着他吃饭，肯普，你说
这多让人气恼，而他的吃相更让人生气。小屋有三道门，一个
通往楼上，一个通往楼下，但这两扇门都是关着的。他在屋
里，我就没有办法出去。他太敏感了，我几乎不敢动弹，冷风
吹在我的背上，有两次我都想打喷嚏，但还是强忍住了。

"我天生好奇，喜欢新奇的东西，但尽管如此，在这个
家伙还没吃完，我就早已疲惫不堪，出离愤怒了。他总算吃完
了，把像乞丐用的土碗搁在装茶壶的黑色铁皮托盘里，又把桌
上的碎屑抹到粘有芥末的桌布上，他一股脑儿把这些东西全拿
走了。由于东西拿得太多，他无法像先前那样关门。我从来没
有见过像他这样喜欢关门的人。我跟着他来到楼下厨房的洗物
槽跟前，很高兴看到他开始洗碗了。过了一会儿，我觉得在楼
下等没有用，砖铺的地面又冷，就来到楼上，在壁炉旁的椅子
上坐下。壁炉里的火很小，我想都没想，就往里面加了一点
煤。听到加煤声，他又立刻跑了上来，怒气冲冲地四处打量，
差一点就碰到我了。检查过后，他似乎仍不满意，站在门口又
把房间扫视了一遍才往楼下走去。

"我在过道上等了仿佛一个世纪，最后，他终于上楼开门，我紧跟在他后面往上走。

"在楼梯上，他突然停了下来，我几乎撞在他的身上。他回过头，目光正对着我的脸，仔细地倾听。'我可以发誓。'他说道。他用他那毛乎乎的长手扯了扯下唇，眼睛往楼梯上下看了看，咕哝着继续往楼上爬。

"来到门口，他的手已经放在了把手上，又停了下来，脸上露出了迷惑和愤怒的表情。他肯定察觉到了我在他身后走动时发出的微弱的声响。这家伙的听觉真是非同一般。他突然愤怒起来，'要是这里有人……'他开始发誓，但没有说出威胁的话。他把手伸进口袋里，没找到他想要的东西，于是从我身边冲了过去，跌跌撞撞地往楼下跑，一副要找人拼命的样子，弄得楼梯发出很大的声音。这次我没有跟着他下去，就坐在楼梯的顶端等他回来。

"不一会儿，他回来了，嘴里还在嘟囔着。他打开门，我还没有来得及进去，他就砰地把门关上了。

"我决心在屋子里好好搜一下，尽量不弄出声音。房子年代较久，破败不堪，而且非常潮湿，连阁楼墙壁上贴的纸都脱落了，老鼠猖獗。有些门的把手很僵硬，我不敢轻易转动它们。有几间屋子没有装修，其他几间堆有演戏的道具，从表面来看，应该是买来的二手货。在那个人隔壁的房间里，我发现了许多旧衣服，便在里面乱翻。心里一急就忘了他的听觉很灵敏。我听到有人悄悄地走近，一抬头就看见他手里拿着老式的左轮手枪，盯着这堆凌乱的衣服。他张大嘴巴，疑心地四处打量，我就静静地站着，一动也不动。'肯定是她，'他缓慢地说道，'该死的！'

"他轻轻地关上门，随即我就听到钥匙在锁孔里转动的声音，接着，他的脚步声渐渐远去。我突然意识到我被锁在里面了。一时间，我不知道该怎么办。我在门和窗户之间来回徘徊，一筹莫展，一股怒火涌上心头。我决定先看看衣服再说。我从上一层格子拖了一堆衣服下来，他听到声音又跑了回来，这次他看起来更加凶狠，实际上，他碰到了我的身体，吓得直往后跳，站在屋子中间，惊愕万分。

"不久，他平静了一点。'老鼠！'他把手指放在嘴唇上小声说道。很明显，他有点害怕。我悄悄地溜出房间，但一块木板咯吱响了一声，于是这个可恶的矮杂种拿着手枪，把所有的房间都翻了个遍，并将房门一个个全锁上了。我弄清他想做什么之后，勃然大怒，再也无法控制自己的情绪，我知道这屋子里就他一个人，不想再等待机会了，干脆给他当头一下。"

"给他当头一下？"肯普叫道。

"对，一下就把他打晕了。当时他正在下楼梯，我用楼梯口的一个凳子从后面打的。他就像一口袋旧靴子一样滚到了楼下。"

"但是，我说，从人道主义精神来说……"

"人道主义精神对于普通人来说是适用的，但问题是，肯普，我必须伪装好，离开那个房子，又不能让他发现。我别无他法。我用一件路易十四式的背心塞住他的嘴，又用床单把他捆住。"

"你用床单捆他？"

"我把他捆成一个袋子，要让这个白痴闭嘴，吓吓他，这是一个不错的主意。要想挣脱可不是一件容易的事。亲爱的肯普，别这样瞪着我，好像我是杀人犯似的。我不得不这样做，他手里有枪。要是让他看见，他就会说出我的……"

"但毕竟，"肯普说道，"在英国，在今天。那个人在他自己家里，而你，你是在抢劫。"

"抢劫！见鬼去吧！你一会儿还要说我是贼呢？肯普，我知道你不是一个墨守成规的人。你了解我的处境吗？"

"那他的处境呢？"肯普说道。

隐身人突然站了起来："你这样说是什么意思？"

肯普脸色凝重，他想说出本意，但又忍住了。"我认为，毕竟，"他突然改变了口吻说道，"你身处困境，有些事不得不做。但是……"

"我当然身处困境，炼狱般的困境。他拿着手枪在屋子里四处找我，一会儿开门，一会儿关门，把我都要逼疯了。他就是让人生气。肯普，你该不会怪我吧？你不会怪我的。"

"我不怪任何人，"肯普说道，"这没有任何意义。你接下来又做了什么？"

"我饿了。在楼下找到一块面包和一些臭奶酪，足够填饱肚子了。我喝了点加水的白兰地。即兴做成的口袋静静地躺在地上，我绕过他，来到放旧衣服的房间。这间屋子对着街道，窗上挂了两幅带花边的窗帘，已经脏得发黄。屋外是艳阳高照，屋内昏黄阴暗，两相对照，显得外面亮得刺眼。街上车来车往，很是热闹。有水果车，有出租马车，有装着一大堆箱子的四轮马车，还有鱼贩的手推车。我把目光转向屋内，看着昏暗的壁柜，可眼前还游动着一团团的彩色。激动之后，我弄清楚了现在的状况。房间里充满了淡淡的汽油味，我想可能是清洗衣服污渍时留下的味道。

"我仔细地搜了一下房间，断定驼背一个人在这里住了有一段时间了。他有些古怪。我把可能有用的东西都收在一起，然后又精心地挑选一番。我发现一个手袋很有用，还找到些粉底、胭脂和胶布。

"我本想在脸上涂一层油漆，再扑上脂粉，这样就可以让我显形，但它的弊端是如果我要想再隐身，就必须用松节油和其他东西来清洗，而且还要耗费很多时间。最后，我选了一个比较好的面具，看起来有一点奇怪，但并不比许多真人的脸看起来更奇怪。我还选了深色眼镜、灰色的胡子和假发。没有内衣，但以后可以买。我穿上一件带面罩的外衣，围上一根白色的围巾。没有袜子，但驼背的靴子很宽松，可以凑合着用。在店铺的桌上，我找到三个金币，还有大约值三十先令的白银，我撬开柜子的锁，在里面找到八个金币。现在，我已经准备停当，可以重返人间了。

"不知为什么，我有些踌躇。我这个样子别人会怀疑吗？我在卧室的穿衣镜前仔细端详，检查有没有什么破绽。看起来很让人放心，我的模样是有点怪，像个舞台上的守财奴，但身体看起来还是实实在在的。我鼓起勇气，把穿衣镜搬到楼下，拉下窗帘，借助墙角的那块镜子，又把自己从头到脚每个地方都看了一遍。

"我又待了几分钟，鼓起勇气，打开店门，向街上走去。我五分钟就拐了十几个弯，没有人特别注意我。我最后的困难似乎已经克服了。"

他又停了下来。

"你没有再去管那个驼背？"肯普说道。

"没有，"隐身人说道，"也没有听说过他的任何消息。我想他可能自己解开了，或者踢开床单脱身了。那些结打得够紧的。"

他沉默了一会儿，走到窗前，向窗外眺望。

"你到河边发生了什么事情？"

"啊！幻想再次破灭。我原以为麻烦就此结束。实际上，我认为，如果不暴露自己，我做任何事情都可以逃脱惩罚。我真是这样想的。不管做什么，不管结果如何，对我都不算什么。我只需要把衣服一丢就可以销声匿迹。谁也抓不到我。只要看到钱，我就可以占为己有。我决定去豪华餐厅大吃一顿，找家高级旅馆住下，再弄一大笔钱。我感觉相当自信，想起以前傻乎乎的样子就有点扫兴。我来到一家餐馆，开始点菜，我突然想起，只要一吃饭，我隐形的脸就会被人发现。我点完菜，告诉服务员我十分钟后回来，走到外面，觉得好气馁。我不知道你有没有这种经历，本想大快朵颐，却不得不扫兴地离开。"

"没有这样糟糕，"肯普说道，"可以想象得到你的心情。"

"我真想把那些愚蠢的东西揍扁。我一心想吃美味，最后，我来到另一家馆子，要了一个雅间。'我毁容了，'我对他们说，'非常严重。'他们很好奇地看着我，但这不是他们关心的事情，所以我终于吃到了午饭。菜做得不怎么好，但足以果腹。吃完之后，我抽了支雪茄，想想下一步的行动计划。外面，暴风雪又开始了。

　　"我越想越觉得在这样寒冷肮脏的天气下，在拥挤的城市里，隐身人是多么的无助和可笑。我做实验之前，觉得隐身术有无数的好处。整个下午都让人失望。我心里想着一般人想要得到的东西。毫无疑问，隐身之后可以得到这一切，但是得到之后却又无法享受。说起抱负，就算你身处高位，但是不能现身，那又有什么用呢。如果找一个女人，但她像得利拉一样要出卖自己的情人，那要她的爱情又有何用呢。我对政治没有兴趣，不喜欢沽名钓誉。我该怎么办呢？为此，我已经变成了包裹起来的神秘东西，一个裹在衣服里面的人形。"

　　他停了下来，似乎在望着窗外。

　　"那你怎么去了艾坪？"肯普说道，他很想让客人一直说下去。

　　"我是去那里工作。我有个想法，当时还不太成熟。现在这个想法已经成熟，就是要找到变回原形的办法。当完成需要隐身才能做到的事情之后，只要我愿意，我就可以恢复原形。这就是我现在想要说的主要内容。"

　　"你是直接去的艾坪吗？"

　　"是的。我必须拿到我那三卷备忘录和支票本，行李和内衣，订购大量的化学品来实现我的想法，拿到书后我就给你演示计算方法。接下来，我就开始了工作。天哪！我还记得那场大雪，为了不让雪打湿我那纸糊的鼻子，我简直费力不尽。"

"最后，"肯普说道，"也就是在前天，报纸上说，当他们发现你的时候，你很……"

"是的。当然。我把那个愚蠢的警察杀了吗？"

"没有，"肯普说道，"据说他会康复的。"

"算他走运。我真的发怒了。那些蠢货，为什么就不肯放过我呢？还有那个杂货店的小丑呢？"

"没有人死亡。"肯普说道。

"还有那个流浪汉，我没有他的消息。"隐身人干笑了一下，说道。

"天哪！肯普，你不知道我有多愤怒！……我辛苦工作了那么多年，什么都计划好了，中途却冒出一群傻瓜把计划搞得一团糟。……什么样的傻瓜都让我给遇上了。

"我要是再遇上几个这样的，我肯定会疯掉，我得把他们干掉。

"的确，他们把事情弄得更加困难。"

"毫无疑问，这很让人闹心。"肯普干巴巴地说道。

第二十四章　计划失败

"但是，现在，"肯普说着，用眼角的余光望了望窗外，"我们该干什么呢？"

他边说边向隐身人靠近，以免他看到外面有三个人正沿着山路往上走。肯普觉得他们走得太慢了，慢得让人无法忍受。

"你前往巴多克港口干什么呢？你有什么计划吗？"

"我本打算离开这个国家，但是见到你后我改变了主意。现在天气热了，隐身不是难事，往南方去比较明智。尤其是在我的秘密泄露之后，所有的人都在寻找一个头戴面具、全身遮得严严实实的人。这里有很多船开往法国。我想冒险偷渡，到法国之后再坐火车到西班牙，要不就去阿尔及尔。在那里，我就可以一直隐身，生活也没有问题，想干什么都行。我还没有想好怎么把书和行李寄到我想去的地方，所以暂时把那个流浪汉当作装钱的箱子和搬运工。"

"我明白了。"

"但这个可恶的畜生竟想抢劫我！他把我的书藏了起来，肯普。他竟然藏我的书！要是让我抓住他……"

"最好想办法先从他那里把书找回来。"

"但是你知道他目前在哪里吗？"

"在镇上的警察局。根据他自己的要求，他被关在里面最坚固的牢房里。"

"狗东西！"

"这可能会耽误你的计划了。"

"我们必须把这些书找到，这至关重要。"

"当然，"肯普说道，他有点紧张，在想是否听到外面的脚步声，"我们当然要把书找到，只要他不知道那些书对你那么重要，要弄回来并不困难。"

"他不知道。"隐身人说着，陷入了沉思。

肯普拼命地想有什么能让谈话继续进行下去，但隐身人只顾想自己的事情。

"自从闯入你的房子，肯普，"他说道，"我就改变了主意。因为你明白我要做的事情，尽管发生了那么多的事情，尽管已经泄密，我的书也掉了，还遭受了那么多的磨难，现在还是有很大的可能，很可能……"

"你没有告诉任何人我在这里吧？"他突然问道。

肯普迟疑片刻，说道："我答应过你的。"

"真没告诉别人？"

"没有。"

"啊！现在……"隐身人站起身来，两手叉腰，在书房里踱起步来。

"我犯了一个错误，不该一个人干，这是一个大错误。我不仅浪费了精力，还浪费了时间和机会。单打独斗能做成什么事情呢？抢点小钱，伤几个人，成不了气候。

"肯普，我需要的是一个守门员，一个助手。需要一个藏身之地，能够安稳地睡觉、吃饭、休息，不受怀疑，我需要一个同谋，有了这些，就可以做成很多的事情。

"目前，我还没有一个明确的计划。我们必须考虑隐身能做什么，不能做什么。隐身术对窃听没什么好处，因为窃听时你可能弄出声音。要破门而入抢劫，隐身术也没有什么帮助，因为一旦被抓住，你就跑不掉。但另一方面，我又很难被抓住。事实上，隐身术的好处主要体现在两个方面：一是用于脱身，二是用于接近别人。因此，在杀人的时候，隐身术特别管用。不管对手拿什么武器，我都可以在他身边转悠，选一个角度，狠狠地打下去。随心所欲地躲避，撤离现场。"

肯普用手捻着胡须心想："是楼下有动静吗？"

"肯普，我们必须杀人。"

"我们必须杀人，"肯普重复道，"我在听你的计划，格里芬，但我不同意你的观点。为什么要杀人呢？"

"不是随意乱杀，而是经过考虑之后的杀戮。问题在于，他们知道有一个隐身人，如同你我知道的一样。肯普，这个隐身人必须建立恐怖统治。毫无疑问，这听起来骇人听闻，但我就是这个意思，恐怖统治！他要占领像巴多克这样的城镇，让这里的人害怕，继而统治他们。他要发布命令。做这个有很多方法，从门缝里塞个纸条就足够了。谁不听命令就杀了谁，谁要保护他们也同样格杀勿论。"

肯普哼了一声，没有听隐身人说话，而是听前门开关的声音。

"格里芬，我认为，"为了掩饰刚才走神，肯普说道，"你的同谋的处境会相当不利。"

"没有谁知道他是同谋，"隐身人急切地说道。紧接着，他突然说："嘘！谁在楼下？"

"没有人，"肯普突然提高声音，语速也加快了，"我不同意这一点，格里芬，"他说，"请理解我。我不同意你的观点。为什么你想要与人类为敌？你这样能得到快乐吗？别再一意孤行了！相信这个世界，至少相信这个国家，把你的成果公之于众。想一想，要是有了众人的帮助，你该能做多大的事情？"

隐身人突然伸出手，打断了肯普的话。"有人上楼了。"他压低了嗓门说道。

"胡说。"肯普说道。

"让我看一下。"隐身人说着，就伸出手，想去开门。

事发突然，肯普犹豫片刻，马上站到隐身人前面去阻止他。隐身人吃了一惊，愣在那里。

"叛徒！"那个声音说道。突然睡袍解开了，坐了下来。隐身人开始脱衣服。肯普三步就跑到门口，隐身人立刻大喊一声，跳了起来，他的腿已经消失了。肯普猛地把门打开。

门一开，就传来匆匆的脚步声和说话的声音。

肯普使劲地推了隐身人一把，跳到一边，砰地把门关上。钥匙就在外面的锁眼里，要不是出了点小意外，隐身人马上就要被囚禁在书房里了。早上的时候，钥匙是匆忙插进锁眼里的，肯普重重地关门时，钥匙就应声掉在了地毯上。

肯普顿时脸色苍白，他用双手抓住门的把手往外拉。僵持了一会儿，门开了六英寸，但他又把它拉上。接着，门开了一英尺，隐身人将睡袍卡在门缝里。肯普感觉喉咙被看不见的手指抓住了，他松开把手进行自卫。他被推着往后退，绊了一跤，重重地倒在楼梯口的墙角。空空的睡袍被扔到了肯普的身上。

阿德上校是巴多克警察局局长，他收到肯普的信就赶了过来。刚走到楼梯中间，就吃惊地发现肯普突然冒了出来，后面跟着一件舞动的空衣服，他看到肯普摔倒在地，又挣扎着站起来，向前冲去，但马上又像公牛一样，重重地跌倒在地。

突然，他被猛击了一下。但什么东西都没有看到！一个沉重的东西，跳到他的身上，卡住他的喉咙，一个膝盖顶在他的胯下，接着，他就脑袋朝下被顺着楼梯扔了下去。一只看不见的脚从他的背上踩过。吧嗒的脚步声往楼下走去，如鬼魅一般。他听到两个警察在客厅里大叫，拔腿就跑，大门被猛地关上了。

他翻身坐了起来，看见肯普一身是土，摇摇晃晃地走了下来，他头发凌乱，一边脸被打得发白，嘴唇还在流血，手里还拿着一件红色的睡袍和一些内衣。

"我的天哪！"肯普叫道，"一切都完了！他逃跑了！"

第二十五章 追捕隐身人

由于事发突然，肯普又语无伦次，阿德不太明白刚才所发生的事情。他们站在楼梯口，肯普急切地讲述着，手里还拿着隐身人留下的衣物。很快，阿德开始理解刚才的情形了。

"他疯了，"肯普说道，"他一点都不人道，完全的自私自利，只想着自己的利益和安全。今天早上，我听他讲了他的暴行……他伤了人，如果我们不阻止他，他还要杀人，他会引起恐慌，没有什么能阻止他。他已经出去了，而且非常愤怒！"

"他肯定会被抓住，"阿德说道，"这一点是肯定的。"

"但怎么抓他？"肯普说道。他突然有了很多主意："你必须马上采取行动。动用所有能调动的人，阻止他离开这个地区。一旦让他逃脱，他可能会在乡村横行无忌，随心所欲地杀人放火。他想要建立一个恐怖政权！我跟你说，是恐怖政权！你必须安排人对火车、道路和船只严加监视。可以叫当地驻军帮忙，你必须发电报求援。现在只有一件事能让他留下来，他想要找回几本笔记，这对他很重要。我告诉你，在你的警察局，关有一个叫马维尔的人。"

"我知道，"阿德说道，"我知道，对，是那些书。但是那个流浪汉说他没有。"

"但是格里芬说在流浪汉那里。你必须阻止隐身人吃饭、睡觉，所有的人必须动员起来，日夜提防着他。所有的食物都要锁起来，放在安全的地方，这样他只能强行夺取。所有的房子都要把门闩好。希望上天能赐予我们寒冷的黑夜和大雨。整个农村必须马上开始搜寻，一直搜下去。我告诉你，阿德，他是一个危险人物，会带来灾难。除非将他擒获，否则，想想他要干什么事情都会让人觉得毛骨悚然。"

"我们还能做些别的什么吗？"阿德问道，"我得马上下山，组织行动。但你为何不一起去呢？你也来吧！跟我一起干，我们得召开军事会议，让霍普斯来帮忙，还有铁路上的经理们。天哪！形势太紧迫了！跟我一起走，我们边走边说。我们还要做什么？把你手上的东西放下来。"

不一会儿，阿德和肯普一前一后下楼。他们看到前门打开，两个警察站在外面，望着空无一人的地方。"他跑了，长官。"其中一个说道。

"我们必须马上去警察总局。"阿德说道，"你们俩哪一个下山去叫辆出租马车来接我们。动作要快！肯普，现在还要做什么？"

"狗，"肯普说道，"再找些狗来。它们看不见他，但是能闻到他。动作要快！"

"好的，"阿德说道，"这个一般人不清楚，但霍尔斯特的狱警知道一个养警犬的人。还有别的吗？"

"记住，"肯普说道，"他吃了食物会显形。吃饭之后，食物在消化吸收之前会显现出来，所以他在吃东西之后必须找地方躲起来。你必须一直搜索，每一片灌木丛，每一个僻静的角落都不要放过。所有的武器都要收好，所有的工具也可能成为武器，也要收好。他不可能把这些东西拿太久，因此，所有他能抓到用来打人的东西都要藏起来。"

"好主意，"阿德说道，"我们一定会抓到他的。"

"路上还要……"肯普说了半句，又停了下来，显得有些犹豫。

"还要什么？"

"撒上碎玻璃，"肯普说道，"我知道这很残酷，但是我们得想想他都会干什么！"

阿德猛吸了一口气，说道："我不知道这是否有失公允。

但我会把碎玻璃准备好，要是他做得太过分……"

　　"我告诉你，此人已经丧失人性，"肯普说道，"我很肯定，只要这次他逃脱，他就会建立恐怖统治。我们必须抢在他之前采取行动，他已经自绝于人类，必然自食其果。"

第二十六章　维克斯蒂被杀

隐身人跑出肯普家的时候，似乎非常愤怒。有个小孩在肯普家门口玩耍，被他粗暴地抓起来，扔到一边，把脚崴伤了。打那以后的几个小时，隐身人从人们的视线中消失了。没有人知道他在哪里，也没有人知道他在干什么。人们猜他肯定顶着六月的烈日，往山上狂奔而去，跑到巴多克港口后面的高地上，他为自己的命运多舛感到愤怒、绝望。最后，他在横唐顶的灌木丛里躲了起来，又开始计划与人类为敌的阴谋。那里很可能是他的藏身之地，因为那天下午两点左右的一场惨剧再次证明他在那里。

人们不知道他心里是怎么想的，也不知道他有什么阴谋。可以肯定的是，他对肯普的背信弃义感到恼怒万分。尽管我们理解肯普背叛的动机，但我们仍然可以想象得到他知道被人突然出卖时有多么愤怒，我们甚至有点同情他了。也许牛津街上的恐怖经历让他吃惊，因为他很想依靠肯普来建立他的恐怖王国。无论如何，他在中午的时候消失在人们的视线里，在下午两点半之前，谁也不知道他干了些什么。他什么都不做，对人类而言是幸运的，但对他却是致命的。

在这个时候，越来越多的人出现在乡间，忙着搜寻。早上的时候，隐身人还只是一个传说中的恐怖人物，但到了下午，由于肯普不加渲染的公告，他已经变成一个触手可及的敌人，必须予以重创，将其擒获。整个乡村以不可思议的速度行动起来。两点以前，他也许可以坐火车逃出这个地区，但两点以后绝不可能。南安普敦、曼彻斯特、布莱顿、霍香沿线的客运列车行车时都关上车门，货运列车几乎全部停运。在巴多克港口方圆二十英里人们三五成群，拿着枪械、警棍，带着警犬，在路上田间搜寻。骑警沿着乡村道路挨家挨户提醒村民把门锁上，不带防身武器不要出门。所有的小学三点就放学了，受惊的孩子成群结队地匆匆往家里赶。下午四点的时候，整个地区都贴上了由阿德签署的肯普公告。公告简明扼要地陈述了斗争的总体情况，强调必须阻止隐身人吃饭、睡觉，提高警惕，密切注意隐身人的任何动向。由于当局行动迅速果断，很快，人们就相信隐身人这种怪物的存在，不到黄昏，整个地区已经被完全封锁。同样，不到黄昏，恐怖的气氛笼罩着本已紧张不安的乡村。在整个乡村，人们口口相传，说着维克斯蒂被杀的事情。

如果我们假定隐身人是藏在横唐顶的灌木丛里，那他就在午后又跑了出去，打算寻找武器。我们不知道他有何打算，但有证据表明他在碰到维克斯蒂之前，手里拿着铁棍。

当然，我们不知道他们遭遇的详细情况。事情发生在一个沙坑旁边，那里距巴多克爵士的仆人住处的大门不到两百码。从地上踩踏的痕迹，维克斯蒂身上的累累伤口，以及断裂的手杖来看，这里发生过激烈的打斗。但为何发动袭击？除了疯狂的杀人冲动外，很难想象得到有别的理由。发狂的说法是有依据的，维克斯蒂先生是巴多克爵士的管家，年龄四十五六，外表并不招人讨厌，也从不惹是生非。他是最不可能激怒这个恐怖分子的。隐身人可能是从一个破栅栏里抽出铁棍来袭击维克斯蒂的。维克斯蒂言语不多，在回家吃午饭的途中被隐身人拦了下来，铁棍让他根本无力还击，他的手被打断了，倒在地上，最后连脑浆都被打了出来。

当然，他肯定在遇见受害人之前就已经把铁棍拿在手里了。另有两个细节和此事相关：其一，沙坑不在维克斯蒂回家的必经之路上，而是离他所经道路两百码的地方；其二，一个小女孩证明说，在下午上学的路上，她看到受害人怪怪地穿过田野向沙坑跑去。从她所模仿的维克斯蒂的动作来看，他是在追赶前面的什么东西，并不断地用手杖击打它。她是在他遇害前见过他的最后一个人。他很快消失了，前面的榉木林和一个浅坑挡住了视线，所以没有看到他们打斗的情形。

由此可以看出，这次凶杀并非完全的肆意滥杀。我们可以想象隐身人是把铁棍当作武器，但他并没有用它来行凶的意图。也许维克斯蒂碰巧路过，看到这根棍子在空中不可思议地移动，这里离巴多克港口有十英里，他也不知道什么隐身人，所以想都没想就去追那根棍子。我们可以想象，隐身人本来是在悄悄地走，以免被周围的人看见，但维克斯蒂看到这根活动的棍子既兴奋又好奇，跟在后面追，最后就用手杖击打。

毫无疑问，在通常情况下，隐身人可以轻易地把追他的那个中年人甩得远远的。但是从维克斯蒂尸体的位置可以推断，他的运气不好，把猎物赶到了带刺的荨麻丛和沙坑之间的一个角落里。隐身人性情异常暴烈，对尝过他苦头的人而言，这种遭遇的结果不言而喻。

然而，这仅仅是假设，孩子的话也常常不太可靠。可以肯定的是，维克斯蒂已经死了，尸体还摆在那里，沾满血迹的铁棍扔在了荨麻丛中。从隐身人丢掉铁棍可以看出，在一时冲动之后，他放弃了拿铁棍的目的，如果他曾有什么目的的话。他自私自利，没有任何感情，但当他看着自己的第一个受害者血淋淋的惨状，心中难免涌出一丝悔恨。

在杀害了维克斯蒂之后，隐身人似乎穿过乡村往高地走去。据说，有两个人在福恩伯顿附近的田野里听到一个声音，那声音一会儿哀号，一会儿大笑，一会儿抽泣，一会儿呻吟，还不时地大叫大喊，听起来相当奇怪。声音从一片三叶草地穿过，慢慢地消失在山上。

　　下午，隐身人肯定感觉到肯普已经秘密迅速采取了行动。他肯定发现门已经锁上，他也许还在火车站、小旅馆附近徘徊，毫无疑问，他看到了公告，知道了针对他的斗争的性质。傍晚临近的时候，田间地里到处都是三五成群的人，到处充斥着狗的叫声。参加追捕的人得到特别指示，如果遇到隐身人，他们应该互相帮助。但是隐身人把他们全都避开了。我们可以理解他有多么愤怒，因为他向别人提供了信息，却被人无情地用这些信息来对付他。至少在那一天，他很沮丧，因为在长达二十四小时的时间里，除了他杀害维克斯蒂以外，他一直被追捕。晚上，他肯定吃了东西，还睡了觉，因为在早上的时候，他又恢复过来，精力充沛，心中充满了愤怒，准备和这个世界作最后的殊死搏斗。

第二十七章　包围肯普的住所

肯普收到一封奇怪的信，信是用铅笔写在一张油腻的纸上。

"你精力旺盛，聪明过人，令人惊讶，"信中写道，"你要从中获得什么好处，我无从知晓。你选择与我为敌。你追了我一整天，想阻止我睡觉，但是我吃饭睡觉了，游戏才刚刚开始。这仅仅是个开头。我没有别的目的，就是要开始恐怖活动。我宣布，现在进入恐怖统治的第一天。去告诉你的警察上校，还有其他所有的人，巴多克港口不再属于女王，它属于我了，属于恐怖。现在进入我的朝代，今天就是新朝代的元年元月元日，我就是隐身人一世，我将轻松开始我的统治。以儆效尤，我将在第一天处决一个人，这个人就是肯普。今天就是他的死期，他可以把自己锁在屋里，可以找地方藏起来，可以让人守护着他，如果他愿意，也可以武装起来，但是死神，看不见的死神正在向他走近。就让他采取一点预防措施吧，这样我的子民才会印象深刻。死亡游戏将在中午的时候从邮箱开始，等邮递员过来把信丢进邮箱里，离开之后，死亡游戏就开始了。我的子民，请你们不要帮助他，否则死神会降临到你的头上。肯普今天必死无疑。"

肯普把信读了两遍，"这不是吓唬人的，"他说道，"这是他说话的语气，他是当真的。"

他把折叠的纸翻过来，看到写地址的那一面盖有横唐顶的邮戳，上面还写有"欠邮资两便士"。

信是下午一点到的，他慢慢起身，午饭也没吃完，就进了书房。他摇铃把管家叫来，让她立刻把房屋全部检查一遍，查看所有窗户的插销有没有插上，百叶窗有没有关紧。他亲自关上了书房的百叶窗。他从卧室里一个上锁的抽屉里拿出一把小的左轮手枪，仔细检查一番，放入外衣口袋里。他又写了很多便条，其中一封是给阿德上校的。他把信交给仆人，清楚地向她交代了出门的方法。"没有危险的，"他说道，又补充了一句，"至少对你是安全的。"这倒是他心里的话。之后他沉思了一会儿，回到餐桌旁，继续吃已经变凉的午饭。

他边吃边想，最后，他猛击一下桌子，"我们会抓住他的！"他说道，"用我当诱饵，他会走到他的尽头。"

他来到楼上，小心翼翼地把每一道门都关好。"这是一场游戏，"他说道，"一场奇怪的游戏，但形势对我有利，格里芬，虽然你有隐身术，但是你与整个世界为敌……搞打击报复。"

他站在窗前，望着炙热的山坡。"每天他都得去找吃的，这一点，我不羡慕他。昨晚他真的睡觉了吗？在露天睡觉，也不怕被人撞上。我希望天气不要这样热了，最好又冷又湿。

"他也许正看着我呢。"

他来到窗前，听到有什么东西在轻轻地敲打窗框上面的砖头，把他吓得连连后退。

"我有些神经过敏了。"肯普说道。过了五分钟，他又来到窗前，"肯定是麻雀。"他说道。

不久，他听到前门响起铃声，便冲到楼下。他拉开门闩，打开锁，检查门上的铁链，把它扣在门上，站在门后，小心地把门打开。一个熟悉的声音在外面跟他打招呼。来人是阿德。

"你的仆人被袭击了，肯普。"他在门外说。

"什么！"肯普叫道。

"她手里的信被抢了，他就在附近。让我进来。"

肯普取下铁链，阿德从打开的一个窄缝挤了进来。看着肯普把门锁上，长长地舒了口气。"便条是从她手上抢过去的，把她吓得要死。她现在还在警察局，歇斯底里发作了。他就在附近。你在信里写了什么？"

肯普骂了一句。

"我真笨，"肯普说道，"我早该知道，这里离横唐顶走路不到一个小时。事已至此，已经无法挽回了。"

"怎么回事？"阿德问道。

"看看这个！"肯普说着，把客人带进客厅，递给他隐身人的来信。阿德看完之后轻轻地吹了一声口哨，问道："那你……"

"我本打算设一个陷阱，"肯普说道，"让女仆去送我的计划，结果送到了他的手里，我真蠢。"

阿德跟着肯普骂了几句。

"他会逃跑的。"阿德说道。

"他不是这种人。"肯普说道。

突然，楼上传来玻璃破碎的声音。阿德瞥到肯普口袋里的小手枪露出半截，闪闪发亮。"窗户被打碎了，在楼上。"肯普说着，领着阿德往楼上走去。楼梯还没走完，又是一声巨响。他们来到书房，发现三个窗户被砸坏了两个，碎玻璃洒了半间屋子。两人站在门口，望着一地狼藉。肯普破口大骂，这时，第三个窗户砰地响了一声，像开枪的声音，玻璃应声而裂，在窗户上挂了一会儿，掉在了地上，形成一个个参差不齐的三角形碎片。

"这是为何？"阿德说道。

"这只是个开始。"肯普说。

"这里能爬上来吗？"

"猫都爬不上来。"肯普说道。

"没有百叶窗？"

"这里没有。楼下所有的房间——喂！"

轰隆，楼下又传来碎裂的声音，什么东西猛地砸在板子上面。"该死的，"肯普说道，"肯定是楼下房间传来的，他准备把整栋房子的玻璃都砸碎。但是他很愚蠢，百叶窗关上之后，玻璃就会往外掉，割破他的脚。"

又有一扇窗子被砸坏了。两人站在楼梯口，不知所措。"我有办法了！"阿德说道，"给我一根棍子或者别的什么，我去警察局找些警犬，肯定可以把他拿下，十分钟就搞定。"

又一扇窗户遭受了同样的命运。

"你有手枪吗？"阿德问道。

肯普把手伸进口袋里，但马上迟疑了。"我没有，至少没有多的。"

"我会把它给你带回来的，"阿德说道，"你在这里是安全的。"

肯普为刚才对阿德的一时不信任感到羞愧，把手枪递给了他。

"现在我们去门口。"阿德说道。

就在他们站在客厅犹豫的时候，听到二楼一间卧室的窗户又碎裂了。肯普走到门口，轻轻地拉开门闩，尽量不弄出声音。他的脸色有些苍白。"你必须一步跨出去。"肯普说道。一瞬间，阿德就站在了门外，听到门又闩上了。他迟疑了一会儿，背靠在门上，觉得舒服一点。接着，他迈开大步，走下台阶。穿过草坪，来到大门口。一阵微风好像从草坪上吹过。有个东西接近了阿德。"停一会儿。"一个声音说道。阿德僵住了，把手枪抓得紧紧的。

"干什么？"阿德说道，他脸色苍白，露出恐怖的表情，感觉每根神经都绷得紧紧的。

"请回到屋里。"那个声音说道，他的声音和阿德一样紧张。

"很抱歉。"阿德说道，他的声音有些嘶哑，用舌头舔了舔嘴唇。他想，声音在他的左前方，要是他开一枪碰碰运气会怎么样呢？

"你想去哪里？"那个声音问道。两个人迅速移动位置，阿德的口袋袋口在阳光下闪了一下。

阿德停下来，想了一会儿，"我去哪里，"他慢慢说道，"是我自己的事。"话没说完，一只胳膊勒住了他的脖子，背后感觉被膝盖顶着，四仰八叉倒在地上。他笨拙地拔出枪来，胡乱地开了一枪。接着他的嘴上挨了一下，手枪被夺了过去。

他向光溜溜的胳膊抓去，但没有抓到，想挣扎着站起来，但又跌倒了。"该死！"阿德说道。那个声音大笑起来。"要不是怕浪费子弹，我就毙了你。"那个声音说道。他看到手枪悬在离地六英尺的地方，枪口正对着他。

"你想干什么？"阿德坐起身来，说道。

"站起来！"那个声音说道。

阿德站了起来。

"注意，"那个声音恶狠狠地说道，"别耍什么花招，你要弄清楚，我看得见你，你却看不见我。你必须回到屋里去。"

"他不会让我进去的。"阿德说道。

"真可怜，"隐身人说道，"我不想和你争。"

阿德又润了润嘴唇，他的目光从枪管上移开，望着远处在午后阳光照耀下的深蓝色的大海，平坦的青色高地，海角的白色山崖，熙来攘往的城镇，他突然觉得生活是如此可爱，让人留恋。他将目光收回，看着这个悬在天地之间离他六英尺的金属玩意儿。"要我做什么？"他满脸不高兴地说道。

"做什么？"隐身人问道，"你会得到帮助。你只需要往回走。"

"我试试，如果他开门，你能答应我不冲进去吗？"

"别废话！"那个声音说道。

把阿德放出去后，肯普就跑到了楼上，现在正在书房里，蹲在碎玻璃中，小心地从窗边窥视着外面。他看到阿德和隐身人在说着什么，"他怎么不开枪呢？"肯普小声地说道。接着，手枪动了一下，一道亮光在肯普眼前一晃。他把手放在额头上遮住眼睛，想看清这道炫目的光是从哪里来的。

"阿德肯定被缴械了。"他说道。

"答应我，不要冲进去。"阿德说道，"别做得太过分了，给他留条生路。"

"你回到屋子里。我坦白地告诉你，我不会给你任何承诺。"

阿德似乎突然做出了决定。他转过身，双手放在背后，慢慢地朝房子走去。肯普看着他走过来，脸上充满了疑惑。手枪消失了，一下又闪了出来，接着又不见了。仔细一看，那个手枪像个小黑点，紧紧跟在阿德的后面。情况突然发生了变化，阿德往后一跳，转身去抓手枪，但没抓到。他举起双手，脸朝地下倒下，空气中留下一股蓝烟。肯普没有听到枪响，阿德抽搐了一下，支起一只胳膊，又向前跌倒，躺在那里不动了。

肯普看着阿德静静地躺在那里。午后十分炎热，周围一片寂静，只有两只黄色的蝴蝶在房子和路边大门间的灌木丛中追逐。山路两旁所有的别墅都放下了窗帘，只有在一座绿色的小别墅里有个白色的人影，很明显，是一个老人睡着了。肯普仔细地看了看房屋的四周，想找到手枪，但手枪已经消失了。他的目光又落在阿德身上。游戏开头很精彩。

这时，门铃响了，还响起了敲门声，声音越来越响，但是仆人们依照肯普的吩咐，把自己锁在房间里。接着，周围安静了下来。肯普坐在那里侧耳倾听了一会儿，又警惕地从三个窗户往外望了望。他来到楼梯的顶端，不安地听着，拿上拨火棍，再次检查楼下窗户的插销，一切平安无事。他回到楼上，看到阿德还像刚才那样一动不动地躺在沙石地的边上。女仆和两个警察正沿着别墅边的大路走过来。

周围一片沉寂，三个人似乎走得很慢，他想他的敌人此刻正在干什么呢。

他突然吃惊地跳了起来。楼下传来了碎裂的声音，他迟疑了一会儿，又往楼下走去，屋里顿时响起沉重的捶击声和木头破碎的声音。他听到碎裂声，又听到百叶窗的铁闩被打烂了，发出叮当的声音。他转动钥匙，打开厨房的门。就在此时，百叶窗被劈碎了，飞了进来。他目瞪口呆地站在那里，看到除了横栏外，窗框还算完整，但只有一点碎玻璃留在上面。百叶窗是被斧头劈碎后飞进来的，现在，舞动的斧头向窗框砍去，幸好被上面的铁窗条挡住了。突然，斧头跳到一边，消失了。肯普看到躺在外面路上的左轮手枪突然跳到了空中，他往后闪了一下。枪开得晚了一点，打在正在关闭的门上，一块碎片从肯普头上飞过。他砰地把门关好上锁。他站在门外，听到隐身人在大声叫喊、狂笑。接着，又响起了斧头劈砍的碎裂声。

肯普站在过道上，思考着。一会儿隐身人就会进入厨房，这道门根本挡不住他，到时候……

前门又响起了铃声，可能是警察。肯普跑到客厅，先挂上铁链，再拉开门闩。他让女仆先说了一句话才取下铁链，三个人猛冲了进来跌成一团，肯普又迅速地把门关上。

"隐身人！"肯普说道，"他有一把左轮手枪，里面还剩下两颗子弹。他已经杀了阿德，是用枪射杀的。你在草坪上看到他了吗？他就躺在那里。"

"谁？"一个警察问道。

"阿德。"肯普答道。

"我们是从后面绕过来的。"女仆说道。

"哪来的碎裂声？"一个警察问道。

"他在厨房，或者马上就要进厨房了。他找到了一把斧头……"

突然，整个房子都响起隐身人劈砍厨房门的声音。女仆盯着那道门，浑身发抖，赶紧往饭厅撤退。肯普语无伦次地解释着，这时，他们听到厨房门被劈开了。

"往这边走。"肯普立刻行动起来，把几个警察推到饭厅门口。

"拨火棍。"肯普边说边往壁炉围栏冲去，他把手里的那根给了一个警察，又把饭厅的那根给了另一个警察。突然，他猛地往后摔倒。

"啊！"一个警察喊了一声，低头一闪，用拨火棍挡住了斧头。手枪里的倒数第二颗子弹射了出来，把价值不菲的西德尼·库伯的画擦破了。另一个警察用拨火棍朝手枪打去，就像打马蜂一样，把手枪打落在地板上，咔嚓作响。

双方刚开始交手，女仆就尖叫起来，在壁炉旁尖叫了一会儿，就往打开的百叶窗冲去，也许她想从被劈坏的窗户逃脱。

斧头退到了过道上，在离地两英尺的地方停住。他们听到隐身人的喘息声，"你们两个站到一边去，"他说道，"我只要肯普一个人。"

"但是我们想要抓你。"第一个警察说着，迅速向前跨了一步，挥动着拨火棍朝那个声音打去。隐身人肯定往后退了一步，撞到了伞架上。

警察刚才那一下用力过猛，身子站立不稳，隐身人趁机还击，用斧头砍了过来，警察的头盔就像纸一样折了起来，人就像陀螺一样在厨房外的楼梯口打转。但第二个警察从后面用拨火棍对准斧头，啪的一下打过去，却打在一个软软的东西上面。屋里响起一声痛苦的尖叫，斧头掉在了地上。警察又用棍子横扫过去，却什么也没打着。他踩住斧头，又挥了一下棍子。接着，他紧握拨火棍，仔细地听屋里最轻微的动静。

他听到饭厅的窗户打开了，匆匆的脚步声从中穿过。他的同伴翻了个身坐起来，鲜血从眼睛和耳朵之间流了下来。"他在哪里？"坐在地板上的人问道。

"不知道。我打中了他，他正站在客厅的某个地方。除非他从你身边溜过去。肯普医生——先生。"

没有回答。

"肯普医生。"警察又喊了一声。

第二个警察挣扎着站了起来，突然他听到厨房的楼梯上响起了光脚走在上面发出的微弱的吧嗒声。"呀！"第一个警察叫道，不假思索地将拨火棍扔了过去，结果把一个煤气灯的支架打碎了。

他做出想要下楼去追隐身人的样子，但想了想，还是不追为妙，就走进了饭厅。

"肯普医生——"他又叫了一声，突然停了下来。

"肯普医生可真是个英雄。"他的同伴扭头看过来的时候，他说道。

饭厅的窗户大开，但不见了女仆和肯普的踪影。

第二个警察对肯普的看法是说话简洁、形象。

第二十八章 作茧自缚

西拉斯先生的别墅和肯普的家离得最近。包围肯普住宅的时候，他正在自己的避暑山庄里睡觉。他属于坚决不相信隐身人的少数派，认为那都是胡扯。但他的妻子相信，这是他后来才知道的。他若无其事地在花园散步，按照多年的老习惯，下午睡午觉。窗户玻璃被打碎的时候他还在睡梦中，后来他突然醒来，奇怪地觉得有些不对劲。他望了望对面肯普家的房子，揉揉眼睛，又仔细地看。他坐起身来，把脚放到地上，仔细倾听。"真是见鬼了。"他说道，但怪事还是摆在眼前。肯普的房子在经历了暴乱之后好像几个星期没人打理，所有的窗户都被打破了，除了楼上的书房外，所有的窗户都关上了百叶窗。

"我敢发誓，"他看了看手表，"二十分钟前，那房子还是好好的。"

他听到远处传来撞击声和玻璃破碎声。他惊讶得张大了嘴，而此时更神奇的事情发生了。肯普客厅的百叶窗被猛地掀开，他家的女仆穿着出门的帽子和外套出现在窗前，拼命地推起窗格。突然，她身边多了一个男的，和她一起推。是肯普医生！不一会儿，窗户打开了，女仆挣扎着往外爬，她向前跌了一跤，很快消失在灌木丛里。西拉斯先生站在那里，嘴里含混不清地大声叫喊着。他看见肯普爬上窗台，往下一跳，他立刻又出现了，沿着灌木丛里的小路跑去。他跑的时候弯着腰，生怕被人看见。他消失在金银花花丛后面，接着，他又出现了，开始爬上紧邻开阔地的围栏，他不一会儿就翻过围栏，以惊人的速度沿着山坡向西拉斯家跑来。

"天哪！"西拉斯先生叫道，突然想到了什么，"肯定是隐身人那畜生在搞鬼。看来确有其事。"

西拉斯先生一想到这里，马上行动起来。他的厨师从楼上的窗户看到他以每小时九英里的速度向房子猛冲过去。屋里立刻铃声大作，响起了砰砰的关门声，西拉斯先生像公牛一样咆哮着："关门，关窗，全都关上。隐身人来了！"顿时，屋内充满了尖叫声、命令声和急促的脚步声。他亲自跑去关通往阳台的落地窗。就在此时，肯普的头、肩和膝盖翻上了花园的篱笆，很快他就跑过一片芦笋地，穿过网球场的草坪，向屋子跑来。

"你不能进来，"西拉斯先生把门闩插上，说道，"他追你，我很抱歉，但是你不能进来。"

肯普紧贴着玻璃，脸上充满了恐惧，他拍打着玻璃，疯狂地摇着落地窗。他见这样做没有用，又跑到阳台尽头，双手一撑，翻了过去，又开始捶打侧门。他绕过侧门，跑到房子前面，沿着山路跑去。西拉斯先生满脸惊恐地望着窗外，肯普刚跑出视野，那片芦笋就被一双看不见的脚踩得东倒西歪。西拉斯先生见状拼命往楼上跑去，后来追赶的情况他就没有看见了。但是他经过楼梯窗户的时候，听到侧门砰地响了一声。

肯普一踏上山路，就很自然地往山下跑去。就在四天前，他还在楼上的书房里挑剔地看着马维尔在路上和人赛跑，现在轮到他自己在路上被人追赶了。他没有接受过训练，但跑得还不算慢。尽管他脸色苍白，浑身大汗，脑子却相当清醒。他迈着大步，哪里的路不平，哪里有碎石头，哪里有闪亮的碎玻璃，他就往哪里跑。让那双看不见的光脚自己去选择路线。

肯普生平第一次感觉到山路漫漫，荒凉无比，山脚下城镇是如此的遥远。没有什么过程比逃命更加漫长而痛苦。所有的别墅都沉睡在午后的阳光里，看起来都关门上锁了。肯定锁上了，都是遵照他的指令做的！但不管怎样，他们至少应该保持警惕，看看有没有像这样的意外发生。山下的城镇慢慢地高了起来，大海消失在城市的另一面，可以看到街上的人头攒动，一辆驿车刚刚到达山脚。再往前就是警察局。他听到脚步声紧跟在身后，于是加紧冲刺。

山下的人都盯着他，有一两个人在奔跑。他已经跑得快要断气了。离驿车越来越近，快乐板球手旅店正在关门，弄出很响的声音。在驿车的另一头有很多标杆和成堆的——那里在修排水工程。他曾想跳进驿车里，马上把门关上，但他又决定去警察局。很快，他从快乐板球手旅店门前跑过，来到房屋比较稀疏的一条街，这条街刚被挖翻过，周围到处都是人。驿车车夫和他的帮手看到他愤怒地跑过，吓得都顾不上给马上套，连远处沙堆上的工人也吃惊不小。

他刚放慢了一点脚步，就听到脚步声迅速追了上来，赶紧往前跳去。"隐身人来了！"他对着那些工人喊着，还含混不清地打着手势。他突然灵机一动，跳过开挖的沟槽，利用一群壮实的工人把他和追逐者隔开了。他放弃了去警察局的想法，转向一条较小的街道，他从菜贩子的推车旁冲过，在糖果店门口迟疑了十分之一秒，朝着巷口跑去，再次跑到了希尔大街的主街上。两三个小孩正在那里玩耍，看到他的模样都吓得尖叫起来，四下散开。母亲们听到叫声纷纷打开门窗，紧张地看是怎么回事。他又冲进希尔街，那里离驿车终点只有三百码的距离。突然，他听到一阵喧闹声，看到很多人在奔跑。

他抬头朝通往山上的街道望去，看见在不到十二码的地方，一个身材高大的工人，一边咒骂，一边凶狠地挥舞着铁锹，驿车车夫紧随其后，双拳攥得紧紧的。在他们后面还跟了一大群人，一边追打，一边叫喊。一大群男男女女从上面往下跑。他看到一个人手里拿着棍子从店里冲了出来。"散开！散开！"有人在大声叫喊。肯普突然明白过来，追逐的性质已然发生了变化。他停下脚步，喘着粗气，四处张望。"他就在附近！"他喊道，"大家排成一排——"

他的耳朵下狠狠地挨了一拳，打得他头晕目眩。他转过头，想面对他那看不见的敌人。他刚站住脚，就朝空气打了一拳进行还击，但没打着敌人。接着，他的下巴又挨了一拳，他一头栽倒在地，一个膝盖顶在他的胸腹部，同时，一双手迅速伸过来，掐住他的喉咙，他感觉掐他的手一只有力，一只很软。他抓住敌人的手腕，听到对方痛苦地叫了一声，一个工人挥动铁锹从他身体上方的空气中扫过，打中了什么东西，发出一声闷响。肯普感觉脸上多了一滴液体。抓住他喉咙的手突然松了，肯普使劲用力，挣脱出来，抓住一个无力的肩膀，翻身骑在了隐身人的身上。他在靠近地面的地方抓到了隐身人的肘部。"我抓住他了！"肯普尖叫着喊道，"快来帮忙，快抓住他。他被我压倒了，抓住他的脚。"

顷刻间，周围的人一拥而上，参与到打斗之中。要是路过的人不明就里，准会以为这里正在举行一场相当野蛮的橄榄球比赛。肯普叫喊之后就没有叫声了，只剩下打击声、脚步声和沉重的喘息声。

隐身人突然猛地发力，推开两个对手，跪起身来。肯普像猎狗紧咬着雄鹿一样，紧紧地抓住隐身人。十几只手伸过来，对着隐身人乱抓乱打。驿车车夫突然抓住隐身人的颈子和肩膀，使劲往后拽。

打斗的人群跟着倒了下去，马上又压了上来。我想，肯定有人在狠狠地用脚踢。因为突然有人疯狂地叫着："饶命，饶命！"叫声很快低了下去，有点像窒息时发出的声音。

"退后，你们这群傻瓜！"肯普含混不清地喊道，几个身材结实的人纷纷后退，"他受伤了，我告诉你。往后退！"

人们费了点劲才让出道来，一双双急切的眼睛望着医生，看到他似乎跪在离地十五英寸的空气上，把隐身人的双手按到地上。在他后面，一个警察抓着隐身人的脚腕。

"你不能放了他，"一个身材高大的工人叫道，他手里还拿着一把带血的铁锹，"他是装的。"

"他没有装，"医生说着，小心地抬起了膝盖。"我会抓着他的。"他脸上受了伤，已经红肿起来。他因为嘴皮还在流血，说话有些含混不清。他松开一只手，好像要去摸摸隐身人的脸。"嘴巴全是湿的，"他说道，接着又叫道，"天哪！"

他突然站了起来，马上又跪在隐身人旁边的地上。人们推推搡搡，不时响起沉重的脚步声，围观的人越来越多。现在，人们纷纷走出门外，快乐板球手旅店的门突然打开。但所有的人都不说话。

肯普伸出手，仿佛在空气中摸索。"他断气了。"他说道，"我感觉不到他的心跳。他的侧面——啊！"

一个老太婆从一个大个子工人的胳膊缝里往里看，突然，她尖叫起来。"看那里！"她说着，伸出了一根满是皱纹的手指。

顺着她指的方向，所有的人看到一个淡淡的手的轮廓，手显得无力，手掌朝下，很透明，仿佛是用玻璃做的，里面的静脉、动脉、骨头、神经清晰可见。正当人们瞪眼看的时候，手渐渐变得混浊而不透明。

"喂！"警察叫道，"他的脚也露出来了。"

就这样，从他的手脚到四肢再到身体的重要器官，这种神奇的变化持续着。如同毒素扩散一般，最先出现的是白色的神经，慢慢出现了淡灰色肢体轮廓，接着又出现了毛玻璃般的骨骼、复杂的动脉，最后是肌肉和皮肤。刚开始人们只是看到淡淡的雾状轮廓，但很快就变得很浓，不再透明了。现在他们可以看到被压碎的胸部和肩膀，还有被打得血肉模糊的脸庞。

终于，人群腾出地方，让肯普站直身体。这时，人们发现，地上躺了一个三十岁左右的年轻人，他一丝不挂，全身伤痕累累，样子非常可怜。他的头发和眉毛是白色的，这不是因为上了年纪而变白，而是因为得了白化病。他的眼睛是深红色的。他紧握双手，两眼睁开，脸上露出愤怒和沮丧的表情。

"把他的脸盖上！"一个人说道，"看在上帝的分上，把他的脸盖上！"有三个小孩从人群中挤了进来，突然被大人拉转身，全部赶走了。

有人从快乐板球手旅店拿来一张床单给他盖上，然后将他抬到旅馆里。就这样，在一个装饰俗气、灯光昏暗的房间里，在一张破旧不堪的小床上，在一群无知而兴奋的人的围观下，格里芬，地球上第一个把自己隐身的人，一个极有天赋的物理学家在彻底的失败中结束了他奇特而可怕的事业。

尾 声

　　隐身人怪异而邪恶的实验的故事就此结束。要是你想再多了解关于他的情况，你可以去斯托伊港口附近的一家小旅馆，和旅馆老板攀谈。旅馆的招牌是一块木板，上面只有一顶帽子和一双靴子，其他什么也没有，旅馆的名字就是本书的题目。旅店老板长得又矮又胖，圆柱形的鼻子，卷曲的头发，脸上散布着点点红斑。每次喝多了，他就会毫无保留地给你讲那次发生在他身上的事情，以及律师怎样企图从他那里榨取财宝。

　　"他们找到了这笔钱，但无从证明哪些钱属于哪个人。我很幸运。"他说道，"要是他们不想从我这里掏出巨大宝藏才怪了。我像那种找到意外宝藏的人吗？后来，有一位绅士每晚给我一个金币，在帝国音乐厅讲这个故事，用我自己的话来讲所有的事情，但有一件事不能讲。"

如果你想突然打断他的怀旧情绪，你可以问故事中有没有三本手稿。他承认有，但接着就信誓旦旦地解释说，所有人都认为他有，但是，愿上帝保佑你，他没有。"我逃往斯托伊港口的时候，隐身人就把书拿走藏起来了。是肯普先生故意让人们认为那几本书在我身上的。"

然后他会陷入忧郁之中，狡猾地观察着你，紧张地转动酒杯，很快就离开酒吧。

他还是个光棍儿——他喜欢一辈子单身，屋里没有一个女人。他穿在外面的衣服都扣上扣子，看上去很得体，但在里面重要的隐私部位，比如裤子背带，他还是用绳子代替。他经营着旅馆，却没有事业心，不过还算过得去。他行动迟缓，喜欢胡思乱想。他在村里以聪明和吝啬而闻名。他对英国南方道路的熟悉程度超过了科贝特。

一年四季，每一个星期天，每天晚上十点以后，当他关闭店门与世隔绝的时候，他端上一杯掺一点水的杜松子酒，来到酒吧间。他放下酒杯，锁上房门，检查一下窗帘，甚至还要看看桌子底下。他看到四下无人，感到相当满意，这才打开壁橱的锁，又打开里面一个盒子的锁，再打开盒子里一个抽屉的锁，拿出三本用棕色皮革包裹的书，神情严肃地把书放在桌子中央。书的封面已经褪色，还带有藻绿色，因为曾经掉在沟里，沾了污水之后，有几页已经看不清了。店主坐在扶手椅里，慢慢地往一个长长的土烟斗里装烟丝，与此同时，眼睛贪婪地看着桌上的书。然后把其中一本拖到面前，打开，然后把书翻过来翻过去，仔细地研究。

他的眉毛蹙成一团，嘴唇痛苦地翻动着。"嘿，小二吊在半空中，十字架，什么乱七八糟的。天哪，这个人太有智慧了！"

不一会儿，他放松了下来，靠在椅子背上，在烟雾缭绕中眯着眼睛看着那几样别人看不到的东西，"充满了秘密，"他说道，"太神秘了！"

"要是我能掌握一点——我的老天爷！

"我才不会像他那样；我只需——啊！"他使劲地吸了一口烟。

随后，他进入了梦乡，一个永远的美梦。尽管肯普一直在搜寻书的下落，除了店主之外谁也不知道书在哪里，也就无从知道隐身的奥秘和写在里面的其他秘密。在店主离开人世之前，也没有人会知道这些秘密。